京师大学堂

北洋大学

北洋大学旧址

天津工商大学

南开中学

圣约翰大学

沪江大学

厦门大学

上海沐恩堂

青岛基督教堂

上海音乐厅

嘉定古猗园

福建土楼

都柏林圣三一学院

索邦大学

索邦广场

洪堡大学

日内瓦大学

苏黎世联邦理工大学

苏黎世大学

伦敦经济学院

伊顿公学

伯尔尼音乐学院

爱因斯坦故居

笔者与民盟成员在联合国总部前合影

联合国日内瓦办事处

联合国教科文组织总部

卢塞恩

巴塞尔

法兰克福老城

波茨坦会议旧址

德国马丁·路德教堂

莱比锡圣托马斯教堂

布拉格

耶鲁大学

哈佛大学校内教堂

麻省理工学院

普林斯顿大学

宾夕法尼亚大学

剑桥大学

牛津大学

凭观川陆

张曾祥 著

中央民族大学出版社
China Minzu University Press

图书在版编目（CIP）数据

凭观川陆／张曾祥著．—北京：中央民族大学出版社，2019.1

ISBN 978-7-5660-1566-2

Ⅰ.①凭… Ⅱ.①张… Ⅲ.①游记—作品集—中国—当代 Ⅳ.①I267.4

中国版本图书馆 CIP 数据核字（2018）第 236785 号

凭观川陆

作　　者	张曾祥
责任编辑	高　倩
责任校对	赵　静
封面设计	张曾祥　舒刚卫
出 版 者	中央民族大学出版社 北京市海淀区中关村南大街 27 号　　邮编：100081 电话：68472815（发行部）　传真：68932751（发行部） 68932218（总编室）　　68932447（办公室）
发 行 者	全国各地新华书店
印 刷 厂	北京建宏印刷有限公司
开　　本	787×1092（毫米）　1/16　印张：10　彩页：22
字　　数	140 千字
版　　次	2019 年 1 月第 1 版　2019 年 1 月第 1 次印刷
书　　号	ISBN 978-7-5660-1566-2
定　　价	58.00 元

序 言

与家人外出旅游是自己退休生活的一个方面，所到之处的观感也顺手写成散文，日积月累便集合为本书。书写游记应从古典文学中汲取营养。古代南北朝时期杰出诗人鲍照的骈文《登大雷岸与妹书》，记述了公元439年他从南京去九江时途经山河的所见所闻，研读时颇受启发，故采用他的词句“凭观川陆”作为书名。据说，鲍照经常置身原野中巨大、平坦的岩石台上读书、写作；居高临下，视野宽广、思路通达。其情景也似我的晚年生活：涉猎各方面知识，远望未来、抚今追昔；不仅看国内外的川陆，也能感悟自己思维和境界的川陆。

基于实情，年迈的精力让自己放弃对大型报刊投稿的追求而把心得献给本单位为离退休老干部开辟的《金色年华》、北京市西城区图书馆以及中国民主同盟北京市委员会等单位的内部刊物这些平台上。同时，也感谢他们给予自己的厚爱。因此，这些拙作也就成了本书的素材。

对于写作，父亲常为我们中文功底欠佳感到遗憾。当然，也有时对自己较好的习作质疑地问道：这是否出自你的手笔？我怀念天津实验小学语文公开课上对造句的训练和市一中每次班级作文后的批改与讲评。这些训练成为自己笔耕的功底，也培养了自己对文字一丝不苟的态度。我由一名建筑工人考入大学，又从偏僻农村中学执教10年后去攻读硕士学位。感激能够跟随已故的北京大学林超和陈传康两位教授完成三年制自然地理学研究生学业，也听到了地学界陈述彭、吴传钧等老一辈院士对图书出版的期盼。难忘在国家计委国土局时行文与出差报告的实践。这些，都是激励自己不断创作的源泉。

我学生时代喜欢散文，以后又重视外文，还有幸在初中一年级时发现原本为高校英文系毕业生而改行教俄语的老师在个人用书上的拉丁文签名以及大学时代能够接触到当时为数不多的来自老圣约翰大学的教师授课。我在本书的一些文章中尽量就国外著名景点名称和重要词汇保留法文、德文和意大利文，力求原汁原味。它并不是出于浅薄或被误解为“卖弄”。出于偏爱，书中所附的41幅照片中，多以所到之处的著名学府掠影为主，同时尽量辑录文化遗产或是几处难得的景点，以丰富本书的内容。

目　录

国 外 篇

国内篇

北　京

一平方千米

北京市行政区划的基层单位是街道办事处（为处一级）。自己宿舍所在的地区归椿树街道办事处管辖。该辖区形状大致呈方形，四角端点分别是：虎坊桥、和平门、宣武门和菜市口，总面积一个多平方千米。退休后休闲散步，多限于此，终日思考、追索，颇感历史韵味丰厚。

东南一隅的虎坊桥路口处，是中国书店所在的瑞祥大厦，一派欧洲古典建筑风格。该地原是 1920 年建成的京华印书局，为上海商务印书馆在京的印刷机构。其外表形同船只，也有“船楼”的美称，意寓中国近代印刷出版事业的起航。上下四层，当时已采用先进的钢筋混凝土架构，至今仍保留着目前市内唯一的一部木制导轨电梯，为北京市级文物保护单位。对面的湖广会馆历史悠久，孙中山先生曾先后五次莅临并在此召开了国民党第一次代表大会。向东的晋阳饭庄，是清代《四库全书》总纂官、内阁学士纪晓岚的故居。庭院内的藤萝古树，为先生亲自栽种；后院的“阅微草堂”彰显书香门第之风。以后，这里又是中国京剧梨园子弟的摇篮——成立于 1904 年的北平富连成戏剧学社

（旧址）。它在40多年的办学生涯中，共培养出800多名京剧名角，如马连良、谭富英、裘盛戎、袁世海、叶盛兰等。梅兰芳、周信芳也都来此进修。虎坊桥西北一带古城风貌犹存，现在的前、后孙公园胡同过去曾是明末清初学者孙承泽的寓所。他勤奋好学、热衷藏书，院内设有“万卷楼”。以后，又有多位名人相继在此居住。后来，清代直隶总督兼北洋通商大臣李鸿章等利用其部分寓所建造安徽会馆，现已修复并择日对外开放。寓所的另一部分，即现在的北京市第四十三中学。现在，孙公园附近还有保存完好的四合院。平房砖雕精细，装饰彩绘，形制正统，前堂后寝与坎宅巽门体现出独特的建筑风格。街巷院落重重，庭院深深。再往西行，格局雷同，不少京剧名家曾居住于此，如椿树下二条的金少山、尚小云，山西街的荀慧生。奚啸伯、杨宝森等也都久居此地。街巷生活气息浓厚：一家杂货店门面上方的长条形牌匾至今保存，浮雕题字依稀可见，书法苍劲有力；恪守商业道德，秉承“虔制诸品名香”的宗旨。早年一家名为“同盛春”的普通小饭馆的灰色墙楼残部屹立，窑制砖块相互嵌合、浆满灰实，凸显老一辈工匠的绝佳手艺。

虎坊桥北端设和平门。民国时期为方便出行，于1926年在正阳、宣武两门之间开通门户，沿南、北新华街直达新华门。南新华街的西侧，为北京师范大学旧址，南部教学楼底层有“中华民国二十三年四月二十八日奠基”的隶书石刻并附老式拼音，今日为实验小学。北部是原来的师大理学院，中间是“国立高教图书馆”旧址。该建筑当时聘请丹麦、德国、美国、瑞士等四国工程师联合设计，后黎元洪总统主持开馆仪式，至20世纪50年代已藏书逾百万册，相当可观，可居同类之首。对面是原来的师大附小，也是钱学森教授的母校。由于其父亲来京赴民国政府任职，他随之北上到此就读。校舍老建筑的木栅栏杆古风依旧，严谨优良的学风造就出我国的“航天之父”。与学校北面相比邻的是西河沿街的正乙祠戏楼，这座古老建筑已重建300周年，它始建于明、复修于清，阅尽沧桑、风韵清雅、遗世独立，堪称中国戏剧的活化石。现在，师大旧址以南的宣武幼儿园所在地早先曾是丰泰照相馆，它于1905年拍摄过我国历史上第一部无声影片，即谭鑫培先生主演的京剧《定军山》。该影片曾在前门大栅栏的大观楼首演，它见证了中国电影事业发展的百年业绩。

继续往南是琉璃厂的古文化街，书画古籍、文房四宝，应有尽有。始建于1672年的松竹斋南纸店，很早就以木版刻印技术闻名，乾隆年间达到鼎盛，内廷官文用纸和朝廷的考试用纸均由该店提供。1894年更名为荣宝斋，体现“以文会友，以荣为宝”的理念，成为传播中国传统文化的橱窗和知名品牌。当时的琉璃厂成为进士、举人和书生治学奋进的一条“雅路”，我国书画界名流于右任、张大千、齐白石等均在此留下历史足迹。

地处京城要冲的宣武门，在元代称为顺承门，明正统元年（1436）重建，正统四年（1439）取自张衡《东京赋》中“武节是宣”故改称宣武门，体现武烈宣扬之意。1601年1月4日，意大利传教士利玛窦身着儒服来京，受到明万历皇帝优礼并在宣武门内赐屋居住；所需由朝廷供给，颁赐银米，足敷神父需用。1605年8月在其住所东侧建中式建筑的礼拜堂。到了清朝，一些西方传教士又都分别受到顺治、康熙、雍正、乾隆四君主的厚爱，这一带也成为欧洲耶稣会士介绍、传播西方科技文化的前沿。被皇室誉为“通玄教师”的德国传教士汤若望还领受皇帝赐金一千两，于顺治七年（1650）按欧洲风格重建宣武门教堂，于1652年竣工。重建后的宣武门教堂统称天主教南堂（西什库教堂为北堂，王府井教堂为东堂，西直门教堂为西堂）。

既为闹市又为刑场的菜市口有着沉痛的历史回忆，清朝文人感慨其

“薄暮过西市，踽踽涕泪归”。充满理想主义的改革家谭嗣同于 1898 年 9 月 28 日在此慷慨就义，他与和其赴刑场的其他五位壮士结成“戊戌六君子”，他们坚贞不屈、英名永存。谭嗣同初到北京时下榻的浏阳会馆，就在其南侧不远。由于常年受到强搭乱建的民房的围挤与蚕食，会馆面目全非。尽管多年大力呼吁修葺、翻建，但始终置若罔闻、无人问津，与许多豪华建筑相形见绌。然则，它在中国近代史中的功名却永世流芳。环顾一平方千米的锦绣壮丽，我获益匪浅，祖国大地的九百六十万平方千米更要可歌可泣。

建筑一瞥

建筑是一种造型美学，任何一座建筑物都应是一件艺术品；土木之工要流芳千古并使之成为供公众欣赏、品味的至宝。信步北京市中心，由台基厂路南口向北眺望，两侧属市级文物保护单位的四座著名欧式建筑引人注目。南端东侧的紫金宾馆是原来的比利时使馆，其斜对面马路西侧为原法国使馆（东交民巷15号）。两单位中几座配楼都是典型的欧洲乡间别墅式建筑。前者主楼为都铎风格，后者两层楼房还有连续券廊并在墙顶嵌有中国风格的方形砖雕，建筑颇有民国初年的韵味。北面的对外友协大院，即原来的意大利使馆，楼内保持着罗马建筑装饰的富丽的风格。马路东侧中段是现在的东交民巷天主教堂（圣米厄尔教堂，St. Michael）。这座哥特式建筑的三个尖顶钟楼，饰以京城工匠用灰砖砌成的突起雕刻物（称为卷叶饰），加上尖券、玫瑰窗及壁龛装饰，更显宗教建筑的辉煌。

回想20世纪50年代初的中苏友好时期，我国又曾分别在京、沪两市建成两座大型展览馆。现在的北京展览馆，其前广场采用如意大利罗马圣彼得大教堂院内的围廊式圆形建筑物（建筑上称为坦比埃多Tempietto）的设计。主大厅女儿墙以上的尖塔，也是采用典型的哥特式建筑风格，这可能是生长在俄罗斯肥沃土地上的苏联设计师从圣彼得堡的彼得保罗大教堂（ПеТролавОвскпй）的尖顶上所受到的启迪。而上海展览馆的建筑则完全是对圣彼得堡海军部大厦的模仿，那也是彼得大帝时期巴洛克式建筑的极品。

夏季路经通州，顺便参观著名的通州潞河中学。潞河中学是北京市历史悠久并享有盛誉的教会学校，校园内至今仍然完好保存着几座具有古典风格的城堡建筑。其中独特的锥堞墙，形成实墙与空洞有规则地交替出现的女儿墙顶形式。而且，原本具有防守功能的射垛，后来还演变成为一种建筑装饰的母题。古貌犹存，美景依然，绿树、草坪、湖水点缀其间。适逢暑期，园内幽静，白色全木结构的原协和书院牧师楼（现在的青年女教师宿舍），更显欧洲早期教会建筑风格。同样，市区也能找到这类建筑的踪迹，西城区百万庄、车公庄一带的原马尾沟天主教堂（市委党校院内）修道院北墙垣也具有城堡建筑特色。

巴洛克式、哥特式及城堡式建筑都是欧洲著名的古代文化遗产，它们在世界建筑史上留下了不朽的篇章并创造了西方文明。同样，东方文明古国也有自己的国粹建筑：紫禁城、悬空寺、应县木塔、天坛祈年殿、赵州桥……这样的精品之作也向世人展现了我国的建筑文化，在丰富世界文化遗产的内涵方面是功不可没的。值得一提的是，早在宋徽宗崇宁二年（1103）中国就正式颁布了官书《营造法式》，这部中国建筑史上的重要文献，一直受到欧洲汉学家的重视并被欧洲建筑师奉为经典。澳大利亚悉尼歌剧院（Sydney Opera House）设计师、美国“普利兹克建筑奖”获得者、丹麦著名建筑师伍重（Jorn Utzon）就曾从中国这部古老的建筑学巨著中汲取营养。根据我国古代建筑的“大屋顶”特点，伍重就用“屋顶与平台”的结构来诠释中国建筑的空间意象并在悉尼歌剧院的建筑设计中予以发挥。他将歌剧院屋顶建成贝壳状，巧夺天工，使之成为世界现代建筑中的著名作品和悉尼的重要标志，从此伍重也开始跻身于世界建筑大师的行列。所以，尊重自我并善用他山之石者必成力作。追溯历史，我国著名建筑学家梁思成先生早已率先成为楷模，当今更盼晚辈为之奋斗。

漫步百万庄

《圣经》上说，上帝赐予以色列人的迦南地是“流着牛奶和蜜的地方”。同样，西城百万庄附近也植于沃土之上。如果追溯以往、考证古代，必有一番情趣。首先，老北平城西的露园平房井然，四合院舒适；雨露滋润，浓郁幽静。这一带西邻黄瓜园，北接葡萄园，上至高梁桥，一派农家景象，东北方的榆树馆和南端的木樨地，更是乔、灌交织，草被其间，生态宜人。如果远足央视塔南至五棵松的那段残存的东西向油松林，更念针叶之苍劲。毗邻的车公庄和与展览馆南侧相依的铁路巷，村舍民居错落有致，尽显人与自然的协调与均衡。

这一带水系流溢，沟渎匀布：郝家湾、二里沟、三里河、北沙沟、南沙沟、马尾沟等，恰好可以回想当年的水文原貌，了解这里地处远山冲积扇前尾闾和土壤母质由粗细沙渐变成泥质的冲积、沉积规律。河流沿岸湖洼相伴，莲花池、北洼路近在眼前，玉渊潭水清澈如镜。然而，平川之上亦有地势起伏，如今骑车于国宾馆路上便可感受到坡度变化。当然，也有西北方植被遭受破坏所带来风沙地貌，远达北蜂窝与沙窝。

美好的自然景观必然形成相应的人文古貌。途经 26 路汽车三塔寺车站，环顾周围，这一带恰与定慧寺、妙应寺、真觉寺（五塔寺）遥相呼应。附近的扣钟庙、老虎庙、马神庙，南缘的真武庙以及正在修葺的历代帝王庙，甚至月坛南街的地藏庵、北下关的净土寺，等等，都在见证这块古老土地的历史沧桑。位于现在市委党校内的天主教马尾沟教堂，布局规范。院内，1984 年定为北京市文物保护单位的“利玛窦墓及明清以来外国传教士墓地”与多座碑刻，彰显了东西文化的交融。老教堂三位一体，修道院四方整合，其北面两侧角楼的城堡式建筑风格依稀可见，南面中央钟楼完好无损，也算是西城难得的一景。

至此，北京建都已有 800 多年，触景生情，更加怀念梁思成先生。择日必登西直、阜成两门俯视京城墙外壮景；凭眺拔地楼宇，把酒临风。由衷祝愿百万庄蓬勃发展、荣盛久长。

路经国会街

北京宣武门西大街是我每天骑车出行的必经之路。新华通讯社就坐落在这条大街的57号，其大院内的西南处是著名的“民国国会议场”（为北京市政府1984年5月24日公布的市级文物保护单位）。国会街虽然已被当今年轻一代遗忘，但是，新华社却非常尊重历史，承认“国会街”的历史存在：它的老记者曾在2002年前后在发表于《炎黄春秋》杂志的文章中谈到20世纪50年代初期的“国会街”。新华社汽车出入证的防伪印章上也标明“新华社国会街”。新华社大院的后勤服务系统也采用“国会街物业”这一名称。这里有一组民国初年的建筑群，为老式灰砖基调。民国国会礼堂，建筑面积2000平方米，礼堂内约500个座席和老式暖气基本保持原状并有所更新。二层两侧六个包厢式围栏两两相对，反映了清末我国工科留学生的设计成就。民国礼堂北面是国会椭圆形办公室，体现出主辅、分权、商议、尊重之意。东面两栋两层小楼是当时的国会图书馆，二楼走廊的几排圆形木制花杆护栏，古色古香、雅致，很具美感。

从这一历史文物向西，出新华社西门就是南北走向的原称南沟峪大街的佟麟阁路。这条道路以抗战将领佟麟阁将军的名字命名。佟麟阁将军是抗日同盟军第一军军长兼察哈尔省主席，后来出任29路军副军长、代理军长。他曾下令卢沟桥守军坚决抵抗，最后身先士卒，壮烈殉国，成为中华民族抗击日本帝国主义侵略为国捐躯的第一位高级将领。抗战胜利后，当时的北平市市长何思源于1947年3月13日签发的《北平市政府户字第59号训令》上，将南沟峪大街命名为佟麟阁路（同时，还将北河沿命名为赵登禹路，铁狮子胡同命名为张自忠路。这两位爱国将领均属29路军，为冯玉祥部下），1949年后仍沿用原北平市政府的命名。

在“民国国会议场”西侧的斜对面，也就是路西的佟麟阁路85号，是原中华圣公会教堂，为全国重点文物保护单位。教堂内部采用全木质排架结构，为横贯纵向长度的构架，可以承受侧向与竖向的负荷。教堂外观顶部采用中国古典园林中的六角亭构架，但其力学结构并未采用六角亭用六根圆柱支撑的方式，而是将承重放在排架结构上。建筑的后端是半圆形墙壁，为欧洲教堂设计所常用，体现两种文化的彼此交融，也是中西合璧的典范。

这座圣公会教堂的墙面上至今还镶嵌着三块石刻，上面介绍了早期来华传教的三位英国圣公会牧师在北京和华北地区为传播福音所做的圣工。民国时期，他们就已仰望天家，荣归主怀，安息华夏。其功德，可与现在北京市委党校内埋葬的意大利传教士利玛窦及其他对中西文化交流做出贡献的外国牧师一样，永远受到中华民族的认可与尊敬。

延庆随想

1971年2月签署的《国际湿地公约》把湿地生态环境保护列入了人类生存与可持续发展的重要议程中。在大致东北—西南走向的延怀盆地（延庆—怀来），妫水注入官厅水库的尾闾地区形成了一处独特的湿地景观，它为延庆的发展带来无穷的生机与活力。这里浅水、湿滩、草甸、塔头交错分布，芦苇、菖蒲、浮萍、荷花等水生植物生长茂密。湿地是生态环境的重要组成部分，国家一类珍稀飞禽丹顶鹤就生活在黑龙江扎龙自然保护区的湿地上，该湿地于1992年被列入“世界重要湿地名录”。湿地资源是中华大地的瑰宝和骄傲。为了保护湿地上出露的松软土地，延庆人独具匠心搭建的路径木板，如同九寨沟里碧水沉淀的石灰岩上的木板。珍惜生态原貌已成为全民族默守的公德。如今，原野美景正在“笑迎”迁徙的候鸟，野鸭、水鸥、苍鹭、灰鹤纷纷戏水翱翔，它们热恋着延庆的广域清水和沃土。

作为“北京屋脊”的海坨山在西北方巍然屹立，犹如牢固屏障。葱郁庇荫的油松林，树形苍劲，此树为华北地区植物区系中针叶的精品。深秋的阔叶乔木更显成熟的魅力：银杏的金黄，黄栌与枫叶的嫣红，垂柳的袅娜……色彩斑斓，更显神韵。毗邻的康西草原，骏马奔驰。遥望坝上风情，令人思绪万千。回首春暖花开，感悟诗人白居易的笔触和诗情画意：刚没马蹄的浅草，争啄春泥的新燕，渐欲迷眼的乱花……冬季，龙庆峡冰灯璀璨，鹿拉的雪橇，滑雪的健儿，宽广冰原，银装洁白；夏季水上游艇，激流漂渡。路人漫步在步行街，观赏音乐喷泉，聆听露天音乐会，维瓦尔第的《四季》协奏曲响彻延庆，妫水的繁花似锦。

这里得天独厚的世界文化遗产居庸关、八达岭长城令世人赞叹，与埃及金字塔、希腊雅典卫城，在人类文明的长河中竞相争艳。不大的小城竟拥有五个向公众免费开放的畔水公园，其中雕塑主题公园开阔的空间为艺术家提供了展示才华的机遇：雕塑中既有中国古典小说巨匠曹雪芹、蒲松龄的身影，也有少女沉思和显示生命活力等现代题材的创意。优美的环境和悠久的人文景点使延庆充满了魅力，著名学者和投资商慕名而来，在国际温泉宾馆和会展中心切磋学术，洽谈贸易。宁静、幽雅的学院，更是莘莘学子研修的乐园。欧式乡间农舍和民间村居庭院，都在见证我国农民从温饱奔小康的辉煌历程。站在康庄镇的街头，追思清代首批赴美留学生詹天佑修建京张铁路的功绩，远望现代技术建造大秦线的军都山隧道，备感国富民强，内心无比自豪和骄傲。

居家宣武[①]

2010年，北京市新规划将宣武区并入西城区。宣武区作为行政单元虽已消失，但就人文、风情和民俗而言，她所走过的历史轨迹和造就的区域文化依然存在。自从1999年迁居宣武，已近20年，不免萌生对她的眷恋之情，每逢漫步京城宣武门以南的这片沃土都备感亲切。元代，宣武门称顺承门。明代正统元年（1436）增设瓮城、箭楼、闸楼，历时4年竣工，取张衡《东京赋》中“武节是宣”的名句，寓意“武烈宣扬”，改称宣武门。宣武门尊“左文右武”的礼制与东面的崇文门遥相呼应。北京聚落的形成是由蓟丘发展而来，后逐渐形成蓟城。公元前11世纪中叶，周朝灭商后，武王封帝尧之后于蓟。其城邑中心就在今天的广安门附近。因此，宣武是北京城的发祥地。北京大学著名历史地理学家侯仁之教授毕生精力都在研究北京城，他认为北京城市形成是由南向北递进，周朝以后，历经隋唐，特别是在元明清以后才缔造了今日的辉煌。

至今，宣武境内还能找到许多历史遗风：今天的南横街延续了唐代迎春街的基本走向，其南侧有成立于1956年的中国佛学院，校址所在地法源寺原名闵忠寺，建于万岁通天元年（696），用以追念先帝唐太

---

① 2010年国务院批准撤销北京市西城区、宣武区，设立新的北京市西城区，以原西城区、宣武区的行政区域为新的西城区的行政区域。

宗自幽州东征不克而返，缅怀奋战沙场、马革裹尸的将士。现今的广安门内大街大致贯穿了辽代的檀州门，向西正对西垣的清晋门，传承了辽代檀州街的古韵。而中医院附近的南线阁、北线阁就是辽南京子城（皇城）东北一隅的角楼。大街北侧的回民中学原为辽代仙露寺，如今仿佛还能听到晨钟暮鼓的声音。由阿拉伯学者纳苏鲁丁于辽代统和十四年（996）创建的牛街清真寺至今保存完好，也见证了北京城的历史沧桑。宣武医院对面的长椿寺遗址讲述着明神宗对母后的孝道。而北面的象来街亦可找寻早年为南方诸国供奉所需而建造的象房和演象所。

时至近代，宣武又有很多珍贵记忆。前孙公园胡同的安徽会馆历史悠久，是全国重点文物保护单位。院内的戏楼曾经上演着中国京剧的精彩剧目。同一街道办事处的香炉营、裘家街的大宅院曾是杨宝森、荀慧生等京剧名家的住所，他们为国粹增光、为宣南文化添彩。白纸坊街23号是1908年成立的国民政府财政部印刷局，也属全国重点文物保护单位，其所属的北京印钞厂是近代我国第一家采用雕刻钢板凹印工艺印制纸币的官办印钞企业。和平门西南有北京师范大学原理学院，与之比邻的师大图书馆曾聘请外国专家设计，民国总统黎元洪还出席落成典礼。魏染胡同内的小院是继圣母会法文学校（光绪三十四年，1908）之后的又一所法语讲授机构，它们为中外文化交流做出了贡献 。

中华人民共和国成立后，国家重视宣武发展，突出工人阶级的领导地位，盖起展览馆并由市工会组织技术交流。展览馆门外的雕塑刻画了煤矿工人、纺织女工以及技术人员的质朴形象，以铭记他们的无私奉献。由苏联红十字会援建的友谊医院已成为京城卫生事业的中坚。除此之外，政府还加强文化宣传，兴建光明日报社大楼，整修陶然亭公园、开辟游泳池。

宣武至今仍然保持着浓厚的京味：略带酸味的豆汁配上酥脆的焦圈

和六必居的酱菜、糜籽面做的面茶加上喷香的芝麻酱都是人们喜爱的小吃。遗存的四合院外还能看到精美的砖雕以及门前石礅和小狮。“百年老字号”的商店横匾上浮雕楷书写着：“本铺虔造诸品名香柏油神烛桂花猪胰一概发行。”成立于明朝嘉靖四年（1525）的鹤年堂还保存着盛放中草药的货架，柜台上还有压放药方的硬木镇尺。每天，摊贩都为繁忙的职工准备了手工擀制的饺子皮，胡同口的店铺摆放着净白的戗面馒头。老妇出售着自己缝制的老虎鞋，街边摆放着卷卷国画和书法作品。公园内老人聊天，谈古论今，旁侧则有踢毽子者、抖空竹者、唱评剧者各显神通。报国寺有文物市场，可满足人们的收藏兴趣。政府在菜市口新建的“广阳谷城市森林公园”，体现北京乡土气息。

当然，宣武还有不尽如人意的地方。被收入梁思成著作的法国式建筑已被医院扩建拆毁，店铺的牌匾样式单调，走街串巷的叫卖声已消失，等等。尽管如此，我们相信，合并后的新的西城区必将推动北京的可持续发展。

天　津

曾经先行

——天津建卫600周年随想

2004年迎来天津建卫600周年。名城寿诞是对人类文明及其历史功绩的认可，也是回顾民族所取得的业绩并为今后发展寻求启迪的良机。借此，既要有对她在中国近代史中重要功绩的肯定，也要认识到现今的不足。面对北京、上海的腾飞以及深圳、广州、重庆的崛起，天津显出滞后与反差。当今，天津应昂首阔步，重振雄威，迎头赶上，再创昔日辉煌。

思维先进

明朝国都由宁移师北京，漕粮北上促成津卫形成。军事重镇设卫赋予历史重任，天子渡口恩赐上方器重，必将带动城市繁荣。天津在中国近代史中产生过巨大影响。为加强防卫，1862年，清政府在天津成立中国第一支洋枪队，聘用外国教练。1880年，李鸿章在天津建立北洋水师学堂，与其他南方海校（福建马尾、广州）齐名并为甲午海战输送了精英。同时，城市思想先进，很早便接受中国近代著名启蒙思想教育家严复（1854—1921）的理念。严复是托马斯·亨利·赫胥黎（Thomas Henry Huxley，1825—1895）《天演论》的译者，他于1879年由英国留学归来后，次年出任天津北洋水师学堂总教习，后晋升总办。执教二十春秋并将自己丰厚的学术成果奉献给了天津。1897年，严复在津创办《国闻报》介绍西方先进思想，还提出许多富国强民的见解，推动了中国近代改革振兴的进程，在海河两岸留下了不朽的足迹。

传媒先进

天津已在早期形成中国北方的新闻中心，出版最早的《京报》。1902年6月17日《大公报》创刊于天津法租界，《益世报》也于1915年10在津创刊（1949年1月停刊）。先进的舆论导向催人奋进，推动中华历史进程。追赶先进，西学东渐，沪、津成为南北新学的两大基地。1880年在津建立最早的官督商办企业——天津电报总局，敷设津、沪有线电报电路，发展电报便利通信（1882年，上海《申报》记者通过它拍发新闻专电，成为中国第一则新闻电讯稿），全部建成后总局由天津迁至上海。同年，又建津沽北塘到山海关、旅顺线路并另设北洋电报局。这些都使天津很早便跟上了国际信息产业发展的潮流。

金融意识

天津是中国北方现代金融业的发源地，为抵御外国列强操纵中华财源，稳定市场，清政府于1902年在津设立直隶官银号。天津也是中国近代四大银行（中央、中国、交通、农民）的重要金融活动中心。著名的“北四行”，即盐业、中南、金城、大陆也偏爱天津，其中金城、大陆两行都曾将总行设于天津。有“南四行”之称的浙江兴业银行、浙江实业银行、上海商业储蓄银行、新华信托储蓄银行，均在津设立总、分支机构。不少银行家与投资者都看好天津金融与资本市场的巨大潜力。同样，外资也愿意投身这片沃土：著名的花旗银行（Citibank）、汇丰银行（HSBC）以及法国东方汇理银行（Banque de l'Indochine）等，也都纷纷在津设立代表处或分支机构。应当承认，国外银行在经营、汇兑、吸收存款以及项目贷款中发挥了作用，而且还引进了西方金融管理的先进经验。与此同时形成的壮观的金融街以及与之相适应的宏伟的西方建筑群，为中国近代建筑史增添辉煌。金融业的迅速发展，还带动了证券等资本市场以及保险、典当业的发展。

商业繁荣

天津经济繁荣，商业发达。滨江道、小白楼、官银号、估衣街等繁华商业区相继形成，谦祥益、德华馨、老美华、瑞蚨祥、盛锡福、正兴德等知名商号先后面世，四品香、祥德斋、一品香、起士林家喻户晓。活跃的商务活动也带动旅馆及写字楼的兴建，渤海大楼、国民饭店、利顺德饭店（全国唯一一家列入全国重点文物保护单位的宾馆）、泰来饭店等都是天津经济发展的最好见证。

文体活跃

天津也是文化艺术之都。钢琴很早在市内出现，著名教育家、音乐家、中国早期留美学者赵元任先生生于天津，他创作的钢琴曲《和平进行曲》被公认为是中国人创作的第一首钢琴曲。而且，中国第一位举办钢琴独奏音乐会的丁善德先生早年也在津任教。过去的维斯理教堂和青年会旧址曾是各类音乐会的举办场所。中国大戏院成为徽班进京逾百年后的现代戏院的杰作。小梨园、天华景、华北戏院、北海楼、庆云戏院，剧场星罗棋布。真光、光明、大光明和老莫斯科影院等一批电影院相继与市民见面。杨柳青年画、泥人张彩塑、绒花手艺、华世奎书法留芳神州。体育音乐传习所早年育人，民园、原英国球场、游泳池，竞技迭起。一代矫健儿女穆祥雄、白金申、郭可愚、杨波子、张业福等驰骋国内外赛场，海河之滨捷报频传。

要让天津的青少年知道严复、赵元任、张伯苓、梅贻琦、储安平等中国近代名人，要为他们立塑像，激励、感召后辈，振作城市精神，再创辉煌。

近代天津启示录

城镇化发展是中国经济腾飞的必然趋势，也是21世纪全球化发展的潮流。各类新兴城镇急需正确规划和指导并使自身发展水平与国际都市接轨。就城市现代化与精神风格而言，天津能为城镇化建设提供许多可贵的经验。与国内历史文化名城相比，天津尚属年轻，常说“五千看西安，千年看北京，近代看天津”。新城市的成长可以从天津得到启示。

一、城市振兴应当有明确的定位。天津濒临渤海、九河下梢、海川汇合的独特区位，使她很早就将自己的发展与海洋紧密相连。元代泰定三年（1326），秉皇帝御旨，先在城东北兴建天后宫祈福求得航海顺利，“安澜利济，功敷海洵”，与福建湄洲、台湾北港、澳门亚妈港等地一起在中国海疆共同敬拜巾帼妈祖，形成中华民族对护海女神妈祖的信仰崇拜，开创了中国海洋经济的新纪元，并与欧亚大陆西岸的海洋理念遥相呼应。希腊神话中的海神波塞冬（Poseidon）的雕塑和意大利艺术家创作的依偎喷泉的护航女神雕塑都反映了西方对航行安全的神学崇拜，从而带动欧洲乃至世界的航运事业。中国历史上的粮食漕运与“南粮北调”影响了当今的资源互补和物流走向，即一改以往的粮食补给为北煤南运，既有秦皇岛港、大秦铁路的煤炭出晋和黄骅港的神华煤炭综合运输体，又有日本对中国的煤炭依赖。大规模的粮食海运势不可挡，大连、营口乃至丹东，成为我国东北和内蒙古粮食出口的中坚并驱动整个环渤海经济区的发展。明代国人对海洋认知的不断深入还引发郑和下西洋的壮举，扬帆印度洋和非洲东海岸的中国水手都能看到护海女神妈祖的亲切微笑。时代的发展以及对海洋渔业和大陆架油气资源的开发，使人们更加警觉到今天对祖国领海主权誓死捍卫的重要。

二、天津工业发展极具地利，近邻京城，受益于皇室的器重与关照。同治六年（1867），引进英国技术，创办天津机器局，由三口通商大臣崇厚亲自督办。后又发展为东西两局，规模仅次于上海的江南制造局。1905年，又建立工艺水平较高的户部造币总厂等，形成现代工业雏形。合理规划城市功能配置，在三条石一带鼓励民营企业，致力于冶炼、锻造、铸造的粗加工产业与劳动密集型产业，自北向南形成，布局合理。在工业项目决策中，城市因地制宜，充分利用海水资源优势，努力发展氯碱工业，兴办永利碱厂，让“红三角”牌纯碱享誉海外。

天津借鉴英国工业革命的成功经验，优先发展轻纺工业。如直隶模范纱厂、北洋纱厂、恒源纱厂、达生纱厂，以及仁立毛纺厂、东亚毛织厂。同时，注重流通环节并在城西设立集散中心，销售本地与南方各地的应时纺织品，周转资金，盘活库存，市场火爆。

同时，制定相应的产业政策，独立思考，注意瞄准国内需求及时生产紧俏商品，适销对路，求得最高成本回报；捕捉新兴产业，填补市场空缺。抓住经济转型的最佳时机，迅速更新换代，直逼技术前沿。近代化工厂率先研发塑料布，满足市民生活所需。春合、利生两厂精工细做，批量出产国内外赛事急需的体育器材。同时，针对工业焊接和医疗卫生的需求，很早开始生产氧气。为放射医学大量生产感光胶片并研发彩色胶卷，满足其需求。精心制造国产手表。面对电子工业革命浪潮，大规模生产集成线路。利用汽车装配技术，制造中央急需车辆并实现农用拖拉机的规模化生产。20世纪70年代初始，率先生产面包车并于80年代初期引进了经济型小轿车。全市紧随国家发展趋势，加速自身的发展。

东亚毛纺厂以优质“抵羊牌”毛线号召选购国货少买舶来品。小厂协力生产“中”字牌自行车，推出自己的国货品牌。尽管当时还存在缺欠，但为后来生产“飞鸽”牌产品积蓄了力量。纯碱生产采用独特的“侯德榜制碱法”，替代了欧洲传统工艺。

三、天津重视城市规划与建筑风格的多样性。按照唐太宗“州县学皆立孔庙”的御旨，津城府学亦依“左庙右学”的规制，布局对称。杏坛泮池，石栏牌楼，琉璃瓦顶，雕梁画栋。天后宫则巧夺天工，重檐攒顶，配殿回廊，楹联壁画，幡杆锦旗。遵循中国古建筑亭台楼阁的旧制，老城中央立鼓楼，临近东西两门各设水阁和铃铛阁。城厢内店铺林立，作坊、客栈、祠堂、会馆比比皆是。民居错落有序，院落重重，庭巷深深，一斋芳香，生机盎然。

开阜以后，西学东渐，津城向世界经典建筑学习，建起城市标志性建筑。原中原公司大楼（或称百货公司大楼）一直是天津人的骄傲。与梁思成先生相继毕业于美国宾夕法尼亚大学建筑系的杨廷宝先生，以中国专家的独特视角，让这座高耸入云的塔楼于1927年在海河岸边拔地而起。如巴黎的埃菲尔铁塔和纽约的自由女神像一样，这些标志性的建筑让一座城市充满独特的魅力。城区街巷井然，道路中间用绿篱分档，方砖铺地，古朴别致。学府主楼上的孟莎式屋顶独具风貌，不设围墙的田园式官邸令人倍感亲切。宅院内，白色墙壁上镶嵌着深棕色木条，几何构图清晰。山体立面上浮雕精细，宝瓶状女儿墙匠心点缀。陡坡形屋顶冬暖夏凉，罗马式圆拱与哥特式尖顶彼此映衬，古堡式建筑依旧散发着中世纪的芬芳。银行大厦前的帕拉第奥式立柱庄严厚重。

四、天津豁达、包容，充分尊重人的聪明才智。习惯上，天津已经成为清朝官宦、家属晚年的休闲乐土，又是民国高层终止仕途后的安居首选之地。在这里，诸如黎元洪、张勋、顾维钧、吉鸿昌、刘冠雄等，他们可以继续发挥余热，天津鼓励他们兴办实业，置地兴建经典建筑与住宅，美化城区市容，推动民国时期的经济发展。近代著名教育家严修因得罪清廷保守派，于 1898 年辞官回津，潜心兴办新学并做出贡献。因此，“开放、包容”与“爱国、创新”同等重要，被一起概括为共识恪守的“天津精神”。

五、天津充满乐观情趣。天津语言幽默生动，纯粹的天津话系指底边距天津旧城以北 1 千米和顶点距城南 22 千米的三角形区域内的地方语。这一三角形区域内的乡音源自苏皖籍卒士的屯兵。天津话风趣逗笑，郝寿臣、常宝堃、马三立等相声大师以及后起之秀郭德纲，他们用方言创作了许多令人捧腹大笑的名段，给人们送来欢笑。沈湘、李光曦、郭淑珍美声歌咏，须生杨宝森的京剧余音绕梁，骆玉笙的京韵大鼓深入人心，银达子的河北梆子激情高亢，鲜灵霞的评剧委婉流畅。豫剧植新土，越剧觅知音。城市“粉丝”云集，票友热议，球迷欢腾，歌舞升平。乐观养育天津，欢笑充满津城，这是天津精神的优势。

六、天津发展教育先行。1404 年，天津建卫，后又增设左右两卫，卫戍区内守军士官有 16800 多人，连同随军移居人口，数量可观。为解决军人子女教育问题，于明代正统元年（1436）特建成卫学（地址在今日孔庙或文庙），弘扬国学，传承中华文化。这也是国内较早的官办学校。另有书院、私塾、义学多处，为明清时代北方的求学热土与福地。

时至 1904 年，著名教育家严修改家塾为“敬业中学堂”，又慧眼识珠，聘请张伯苓先生创办南开中学，他治学有方，桃李天下。此后，两位先生又分别赴美进修，考察调研，并以国人超前的魄力创办南开大学。1919年9月，南开大学正式开学，与西方私立高等教育学府比肩。其间，天津才子梅贻琦先生受教南开并于1909年考取第一批公费名额，赴美留学。他在美国吴士脱理工学院学习电机工程。因品学兼优，才能出众，于1931年12月出任清华大学校长。他身负重任，临危受命，抱负宏伟。其就职演讲留下“所谓大学者，非谓有大楼之谓也，有大师之谓也”的名言，并亲手塑造了清华的鼎盛与辉煌。在中华民族的危难时刻，出自天津的两位教育家张伯苓和梅贻琦南下昆明，继续兴办西南联大，苦撑八年，在中国高等教育史上写下不朽的篇章。

当然，天津教育也留下了遗憾：北洋大学作为以政府名义兴办的中国第一所大学，其前身是1887年成立的吞纳学院（Tenney College），国内称为博文学院，其旧址上的古典建筑早已拆除，无法复原。1903年经皇帝恩准在津城原西沽武器库旧址新建的主楼、钟楼和团城又易主他乡。现在，更名后的天津大学已经被排除在教育部支持鼓励建设的中国常春藤大学名校（C9联盟）之外，更远离美国的常春藤盟校（LVY League）。但是，挫折绝不会阻止天津振兴的步伐。

天津底蕴深厚，新兴城市的可持续发展必能从中得到启迪。

津西往事

京城粮食漕运和军事需要的设卫，促使天津在600余年的近代史中迅猛发展。位于九河下梢并在南北运河与子牙河汇入海河处形成三岔口。这里，人口密集，经济发达，形成聚落，初具城市轮廓并形成经济增长点；衍生集市、街巷与鼓楼城厢，塑造繁华闹市。

其西侧则躲开闹市，营造世外桃源，构建宜居福地乐土。那里，毗邻南运河南岸，风景如画，人杰地灵。进入清代，已是富贵、盐商建造规模宅第和私人园林的首选。距城西仅一千米，便有问莲浦，荷塘月色，丰润莲藕，曾是市民游览休憩的佳境。西门外练武场右侧月堤建有宜亭，为近代天津的第一座公园。四周环植杨柳，炎日绝无暑气。还留有《宜亭看菊》的诗作。南运河左岸有涴花村，可遥望对面的水西庄，庄内是卫关书办查氏专门修建的介园，期盼胞弟长一介之士。惬意津西，景观悦目，深得京城王室青睐，为此，乾隆皇帝曾四次驻跸津门。其中，乾隆二十三年（1758），正值紫色芥花盛开，乾隆皇帝南巡途经此地，即兴御笔墨宝为介园赐名“芥园”。以后，文人撰写《随园诗话》，曾把它与江南扬州山馆和杭州山堂相媲美，两者同为民族园林增色。以后，诸多变化，时随境迁，河系平原自然生态消失殆尽。然而，历史仍为津城百姓留下了美好回忆，怀旧以往，抚今追昔。饮水思源，追溯天津水源历史：考虑水资源乃城市发展命脉，借助临水的优势，利用芥园、水西庄故址汲水，将运河水净化，形成自来水供给。光绪二十四年（1898），英商济安自来水股份公司成立并于1903年正式营业（1950年更名为天津自来水公司）。其与上海杨树浦水厂齐名，开创近代中国科学饮水之先河。

津西的如意庵大街何家胡同18号，曾是清代供奉吕洞宾的道观，称为吕祖堂，属于道教寺观。以后，由义和团首领曹福田在此设立总坛口，成为义和团的活动中心，成员在此拜坛、聚会，还专门设有拳场。古建筑群包括山门、厢房、前后殿和五仙堂，现已成为全国重点文物保护单位。

津西充满民俗风情，靠近城厢西侧筑有城隍庙，其庙会与城东天后宫每年纪念天后诞辰的皇会共同构成旧日天津的两大盛会。每逢出会，行经主要街道，万人空巷，成为津西的一大景观。

民间时兴戴花，每逢喜事，妇女头上都要饰以红色绒花，花朵图案为“双喜”字，做工精细而且用毕还要妥善保存。老年人去世多办成喜丧，孙子、曾孙头上高戴白帽并配以一个或两个大红绒球，与孝服色彩对比鲜明，欢快、喜庆地送别长辈。每逢旧历新年，各家门前都要张贴春联，书法精湛，对仗工整，平仄协调，横批更有惊人之语，体现了我国楹联文化的独特。窗上横梁与过木都贴上红色吊钱儿，反映了中国民间剪纸和纸刻工艺的悠久历史。砖墙上还专门倒贴“福”字，预示幸福即到。

历史悠久的如意庵大街如同一条色彩斑斓的美食街。这里，摆着天津特有的锅巴菜，老店的煎饼，由水发蚕豆蒸熟的五香热芽乌豆，江米凉果，黄米面切糕，松软的驴打滚，磨好的糜子面茶，用大铜壶里沸腾的开水冲制的茶汤，特大凉水盆内浮动的小铝碗里冷却着用绿豆细磨制成的红粉皮，卤水点豆腐以及业已失传的由稻米面和豆馅蒸好的小巧玲珑的熟梨膏。如有所需，还可以由近及远向东到达北大关购买到享誉津城的耳朵眼炸糕和十八街麻花，香甜可口。逢年过节，都要把刚出锅的热腾腾大白馒头打上红点，寓意喜庆。水产丰盛，欢蹦的鲫、鲤象征年年有余。

市民的服饰多为长袍、马褂、红顶帽敕儿。女士着装为旗袍、大褂、对襟短袄，配以手工精良的圪垯襻。冬季御寒有棉袍、皮袍，掩耳护颈的风帽，套裤、耳套和长到膝盖的二大袄，为皮鞋保温附加的厚呢鞋盖，小商贩爱戴的毡帽，老太太常戴的黑色平绒帽；夏天则穿拷纱、罗缎、麻布做的衣服。

小孩贴身挂戴的兜兜，上面刺绣着盛开的牡丹，脚上的老虎鞋，前头耷拉着两扇小耳朵。天冷，后面系有棉屁股帘儿，温暖舒适；头戴棉帽遮耳，包着圆圆的通红脸蛋，颇像活泼可爱的小老虎。孩子手上多佩戴银饰，有的还附有铃铛，当当作响。母亲都把爱子称作“心尖子”“肉丸子”“大老虎”。母亲给襁褓中的婴儿唱着歌谣：“小老鼠，上灯台，偷油吃，下不来”“摇啊摇，摇到外婆桥，外婆说我好宝宝”“娶媳妇干吗，点灯说话，吹了灯，打喳喳”……乳名常以动物称谓，如“五狗”“六狗”，或祝福长生，叫作“老柱”。居民生活平顺，安居乐业，鸡犬相闻，来往和谐。

每逢正月十五的灯节，如意庵大街热闹非凡，附近居民都要高唱民间的《迎春曲》：“油打的灯笼都出来啰，没有灯笼的抱小孩啊，鲫鱼乖仔（鲤鱼）大花篮呀……”召唤邻里左右，参与同庆，共贺佳节。母亲抱着婴儿、姐姐领着弟弟驻足围观，喜笑颜开。抖空竹、放鞭炮、踢毽子，竹马乐道；踩高跷、跑旱船、拉洋片，幡旗高招。汤圆可口，夜宵丰盛，有肥卤鸡、炸铁雀、缸炉烧饼、酱肘腊肉。叫卖声此起彼伏。

津西一带也继承了许多中国建筑的精华。位于城西元代海会寺和明代稽古寺之间的铃铛阁原为一座藏经阁，它始建于明代万历七年(1579)。由于阁椽弦挂众多铜铃并在微风吹拂中当当翠鸣，十分悦耳，因此，民间大都遗忘正名，而通称铃铛阁。其阁底基座高出地面，两层高阁，雕梁画栋，气宇不凡。光绪十八年（1892）三月初七，附近大火波及将阁焚毁，震惊各界。以后，由高凌雯等有识之士利用原稽古书院和铃铛阁旧址，创办天津首家官立中学，即后来著名的铃铛阁中学。该校人才辈出，当时，不少学生都能考入国内初创金融机构官银号任实习生或执教育人，更有佼佼者成为中华人民共和国的省部级领导干部。

这座铃铛阁中学具有良好的生源，北面文昌宫小学是津城第一所公立小学，教学严谨，广育英才，近代著名音乐家李叔同先生曾在此就读，以后还为母校谱写校歌。东北方向大胡同为市立二小，有来自如意庵一带的首届南开大学学生在此任教，以增强师资力量。与此同时，在西侧如意庵旧庙址及比邻广顺板厂的部分地界，建设如意庵小学，在天津城厢北、西两壁形成名校鼎立的态势。如意庵小学每逢周一清晨，学生齐聚操场，精神抖擞，豪情满怀，仰望青天白日，朝气蓬勃。童声齐唱校歌："如意庵，旧庙地，聚童心，齐奋进……"与文昌宫小学的校歌遥相呼应，天籁之声响彻运河南岸。如意庵小学采用清末民初私塾与家管模式并致力新学。校长马骥先生学识渊博，擅长书法，注重国粹。教师精干，学生勤奋。教务广采商务、开明、世界三家书局课本，治学有方。课本印刷采用颜体楷书，结体方正，笔力雄健，使学生入于眼而得于心；分别用国画工笔、写意插画，寥寥几笔勾出花鸟鱼虫、葱绿草木，活泼灵动，意趣盎然，充满童趣。学生书写规范，湖笔端砚，宣纸九宫。算数熟记九九歌，珠算指间诵口诀。学生仪表端庄，整洁大方，咏唱学堂乐歌，操练强健体魄，一派生机勃勃。

时代发展，社会进步，津西与近代中国民族经济发展同步。黄家马号与如意庵小学比邻的一家广顺板厂便见证了这一历史征程。按照传统的族宗祠堂体制，厂主隶属达庆堂张家，意寓“通达吉庆”。板厂门前高悬柏木横匾，特请书法家华世奎题写“广顺板厂”四大金字浮刻其上，涂绘黑色原漆，在其映衬下，题字苍劲有力，磊落大方。张氏父辈从事木材粗加工生意，供两子求学，两子初识学问并勤于实践，努力集约经营板材。长子张开圃立足企业管理，次子张贯卿对外联络公关拓展，与资深木业王子清、外贸元老刘聘卿号称“津西三卿”。企业初具规模并自己配备提水和消防设备，安全生产。他们视本厂工友如亲人，善待饮食，体贴寒暖。同时，关注子孙教育，率先攀登南开、厦门高校。严格承传家规，后辈为人忠厚，办事认真。而且注重文艺熏陶，不时包租车辆前往租界剧院欣赏戏曲，对儿子进行德育、美育教育。家族经营有道，积累富裕，生活殷实。更加注意融入近邻，关顾周围商圈，扶贫济困，帮助弱势群体，赢得信誉口碑，备受同业热议。当然，也引起嫉妒与记恨，招惹祸患，致使 1935 年冬季惨遭劫难。然而，老先生面对歹徒临危不惧，誓死保卫板厂资产，抗争强暴，毫不却步，怒视凶恶，慷慨陈词，大义凛然，直至含恨屈受枪击。死于血泊之时仍然浩气长空，视死如归。其可歌可泣的英雄气概为家族和后辈做出表率，其精神也在津西如意庵一带传颂，万古流芳。这种精神激励来者并使企业后继有人，静轩和堂弟世铎携手共进，秉承遗志努力拼搏，继续辐射发展：连续开办广利材厂、联昌行、龙华布庄，参股生建土产贸易公司等，还合股经营广聚永木行并在市区海河黄金流段建立专用卸货码头。因业绩卓著被推任全市木业同业公会理事长。任职期间，他洁身自好、秉公办事。而后，目睹社会黑暗，于 1947 年载天津《国民日报》请辞要职。时局更迭，因颇有威望而兼任天津城防委员会委员。1948 年，刚强大度，置守城司令陈长捷随从之威逼于不顾，蔑视国军强行掠夺木材的暴行，不惜倾荡自己全部原木库存确保同业资产完好无损；挫败国民党企图加固城防顽守天津垂死挣扎的妄想，加速第四野战军攻克天津的进程。随之，满怀激情迎盼中华人民共和国曙光，又用全部企业、商号及资产继续为社会主义建设贡献力量，功不可没。

重逢感触

天子渡口的福祈，地邻九河的距离，乳汁浇灌成巨人鼎立。眺望青龙潭畔官窑林立，泥土烧砖构筑津城楼宇的奇迹。八里台上学府争奇，吴家窑内群英嗣继。抚今追昔，聂公桥前鏖战列强宁死不屈，日寇血腥终将唤起民众抗敌①。

同窗岁月，手足情谊，风采青年人才济济：歌舞扮戏，行草篆隶，大小球技、泳池添翼，针线巧绮……诸多聪颖都汇成班级的活力。抒发色彩斑斓的畅想，铭记难忘的回忆。

校园中的柳荫漫步，木槿树旁②的集思广益。抗洪前沿筑坝修堤，农舍土炕盘坐依依。朝霞晨读，余晖熟记，晚自习图书馆里寻觅那难得的坐椅。古冶红薯的甘甜，宁河高粱的颗颗粒粒。大浦河沙丘驰骋阑脊，海浪激荡着跋涉的汗滴。一览层峦叠翠，俯瞰峰石丘夷，青龙山上指点燕蓟，兴隆山区攀登迤逦。昌黎绿荫植被茂密，三清观③前领略道义。双子星座间的农田选片④，教学实践带来无比受益。三叶虫化石挖掘神秘，剖土壤找寻淋溶痕迹，水准、经纬苛求精密，百叶箱里探求气象的奥秘。实验室中的岩石标本，解剖镜前的无比心细，绘制地图的付

---

① 1937 年 7 月底，南大遭日军浩劫、轰炸。

② 入学后三年，所在的教学楼下栽有木槿。

③ 山海关市区北面的三清观为著名道教圣地。

④ 1964 年暑期承担原天津专区稳产、高产农田选片工作。

出与化验室中的艰毅。青春俊美，闺秀端丽，生活中调侃，学习上努力。粗布履衣，粗茶淡饭，恪守哲理。病榻前的精心呵护，登门探视的暖意，彼此融洽齐心颂扬那绽放的花季。

卡列斯尼科的自然地理在为环境科学奠基，时逢特殊年代，领略地学在俄罗斯学派中的真谛。霞客游记，笔谈梦溪，数理地理为宇宙航行开辟。天干地支传承震旦年历，农时节气揭秘物候神异。源远流长，亘古流芳，学界泰斗，教导漫溢。又有来者，诲人不倦，教学相长，恭而有礼。继往开来，奉献不惜，平凡中结累累硕果，无不彰显校系两级的业绩。地学思维拓宽学生智力，更有置身于其他专业者，奋力拼搏为佼佼者创意。

当今地理科学日新月异。回首老主任45年前的远见卓识[①]，预见到地学兴旺的象迹。新世纪空间观测技术和信息系统，都在逼真窥视、探索自然景观的在目历历。

三次小聚别来珍惜，2009年的重逢又颇感惬意。志在千里，老骥伏枥，安度晚年喜乐，共享天伦阳夕，银发红颊，神采奕奕。借鉴父母长寿的秘诀，关注健康锻炼，颐养天年劳逸。太平盛世，锦绣山河，师生共勉，陶醉故里，唱响和谐天地。

① 1963—1964年间，陈主任在一次讲话中说：“地理学的发展必然依靠其他科学和手段的进步，不能单靠地质锤。”现在，卫星遥感、信息系统的广泛应用证实了他的预见。

河　北

感触黄骅

感谢各方关怀与精心安排，实地考察黄骅港。虽属初行，但对黄骅早有耳闻：20 世纪 50 至 60 年代毕业分配到黄骅的几位朋友就曾介绍过那片荒凉的渤海岸边盐碱滩，真让一些大学生望而却步！今天，昔日盐滩依旧，但远望海面上的石油平台和停在运煤港口码头泊位上的海轮，真使人感触到新世纪黄骅跳动的强劲脉搏：1979 年在陕北看到的发掘式开采的侏罗纪优质煤炭，今天已从这里经由神华集团——这个集煤炭、铁路、港口、电力于一体的新型综合经济实体源源从海路运往各地。能将神府、东胜地下蕴藏的丰富煤炭资源途经三省铁路运至渤海经港口销往内外，真是中国经济建设的奇迹，也是孙中山先生在《建国方略》里提到在渤海王滩建港构想的发展。站在黄骅港煤码头停泊的外轮旁，犹如站在中东海湾的岸边。沙特这样的石油巨人能将沙漠腹地的液体能源经由管道从海港输往世界，而今煤炭大国的中华儿女也能将化石能源经铁路由港口供给海外，让世人为之赞叹。回顾建设始终，更加钦佩那批精干、敬业、无私奉献的项目主持人和经验丰富的专家队伍。如今，黄骅逐步摆脱盐碱滩的束缚，以更加崭新的姿态在渤海湾崛起，从海水提取硫酸钾肥以及水产养殖正在起步，向海洋发展必给黄骅带来新的契机。

当然，前进过程中也面临挑战，如浅海的沉沙淤积，水资源短缺与海水淡化的昂贵，铁路沿线及滨海的污染，环渤海经济区各港口功能的定位与互补，经济腾飞与能源瓶颈以及煤炭利用的最新课题，等等，都在考验这一新兴港口。愿黄骅和神华集团在中国经济的可持续发展中再创辉煌。

山　西

大同云冈

“大同”是古代政治的最高理想，体现大道之行和天下为公。中国近代，也有改革家康有为著《大同书》，借以抒写理想追求。439 年，以鲜卑族拓跋部为主体的北魏王朝建立，结束华夏北方纷争，实现多民族共融，趋归大同，定都平城，即今日山西大同。

享誉世界的云冈石窟位于大同城西 16 千米的武州山南麓。武州山又称武州塞或武周山。北方鲜卑族拓跋部一直视此山峦为神山和灵山。北魏时期，明元帝即位前就曾来这里祈福，即位后又每年来这里祭祀一次，以后还有皇族来这里为农耕祈雨，祷告五谷丰登，举国受益圣山恩典。当时，那里佛学盛行，岩房禅室，览习玄籍，译传经文；暮鼓晨钟，合掌摩顶，净土脱俗。佛教信仰重视雕筑像体，最早的洞窟开凿时间为文成帝兴元二年（453），当时著名的昙曜和尚请命入京（平城），主持这一圣工，使得雕塑艺术与佛学经典实现完美结合。云冈石窟中北魏前期开凿、雕塑的五座石窟，充分体现了当时的风格与昙曜和尚的魄力、才干和执着的精神以及那些众多无名工匠虔诚的奉献精神。当然，后继的多座石窟艺术也有隋、唐和其他朝代志士仁人的巨大功绩。诚挚的信念必然创造亘古奇迹。大同云冈石窟当之无愧是东方文明中的不朽力作。近代史上还有众多中外学者对这一艺术瑰宝钻研不懈。

1973 年 9 月 15 日，时任法国总统的乔治·让·蓬皮杜（Georges Pompidou，1911—1974）由周恩来总理陪同参观了这一古迹。两位卓越政治家的莅临，标志着对人类文明的认同。2001 年 12 月 14 日，云冈石窟被联合国教科文组织列入世界遗产名录。

雕塑艺术为东西方文化皆有，都在讴歌人类完美躯体和刚健姿态，彰显优美体形，追求人体的标准完美和净无瑕疵。云冈石窟是东方雕塑艺术中的一颗璀璨明珠，可与西方欧洲古典雕塑并肩媲美。云冈石窟佛教塑像的建造者，在佛面相貌上更注意对人的面孔的描摹，并极力追求理想面貌，如丰腴适度、颈短、鼻梁高、颊瘦、眼角长、唇薄等，以体现佛祖的纯真与慈爱。同时，建造者又非常重视对佛像威严和庄重的塑造，如立佛外着通肩式的长衣，两肩齐亭。跏趺坐的佛像，意喻吉祥与降魔。同时，右手作“施无畏印”，象征可以抵御一切邪恶和试探。佛教认为右手是智慧之手，具有伸张正义的力量。

毗邻云冈石窟的历史文化名城大同，古迹繁多，是赏古怀旧、领略国学文化的重要去处。市内多处文物闪耀着辽、金时代的艺术辉煌。作为贮藏佛经主要场所的华严寺，殿内环列重楼式壁藏 38 间和天宫阁楼 5 间，巧夺天工，玲珑之致，堪称“海内孤品”。几经沧桑的善化寺依中轴线布局严谨，殿宇高大，宏伟壮观。檐下斜拱形似怒放花朵，既可起到承载作用，又能起到装饰作用，为辽、金时代的特有形制。寺中楼阁结构精巧，上下两檐间筑有平座，游人可凭栏远眺。另有九龙壁和五龙壁，气势非凡。

目前，大同古城复兴工程正在有条不紊地持续进行，寺庙周围的违章建筑正在拆除，老城墙墙砖收购工作正在稳步进行，旧城墙复原指日可待。况且，古城不少黄土城垣犹存，大同恢复历史文化名城风貌的可能性较京都更具优势，祈福雁北古城未来更加绚丽多姿。

内蒙古

绿装科尔沁

北上的列车带我由永定河畔的平川登上中国地貌构架的第二级台阶，沿着内蒙古高原东南一隅向科尔沁草原进发。尽管在夜间乘坐卧铺车错过了沿途上不少看点，然而，黎明初醒才刚刚驶过昭乌达盟北部，即将进入科尔沁的南缘重镇奈曼旗，这便成全了自己尽情观察、一览这片绿色瀚海的夙愿。停车短暂，厢门开启后立即涌进一股扑鼻的草原清香，堪称“明珠小城”的通辽已近在咫尺。随着城市化进程的不断推进，草原所在的原哲里木盟已于 1999 年 10 月改为通辽市并为其可持续发展构筑新的行政保证。科尔沁草原在中国自然区划中属于中温带半干旱地区，地处森林—草原的过渡地带，自然景观是以榆树为主的疏林草原。掠过车窗所见，嘉木榆树四五株拥抱丛生或两两相邻为伴，和谐共生。人工绿化栽种的青杨、桦树根深叶茂，凸显勃勃生机。不畏艰苦昂然矗立的侧柏、落叶松、樟子松，茂密葱绿，星罗棋布，共同抵御塞外风沙。

科尔沁草原与锡林郭勒草原、呼伦贝尔草原同属欧亚大陆腹地草原之中的精华，最具代表性的羊草、冰草和大针茅等共同构成草原植被的种类。科尔沁依偎在西拉木伦河与老哈河中间的三角地带，水草肥美，牛羊成群。蒙古族将其推崇为“神奇射手”，早先交由成吉思汗的二弟哈布图·哈萨尔亲自管辖。草场绿茵如毯，苔草随风飘逸，冷蒿与线叶菊衬托装点其中。仲夏时节，鲜花盛开，沃野似锦。内陆湖泊与星罗湿地点缀其间，晶莹透亮，银光皑皑；晴空白云，雄鹰展翅，无际沃野，水鸟翱翔，骏马奔腾，牧歌悠扬。

然而，历史上的长期屯垦已留下诸多顽疾：土地沙化，农牧交错的生产方式导致沙地遍野，坨子与沙地上的植被稀疏，流沙蔓延，风沙吞噬草场；地下水位下降，湖泊水体干枯，河系断流，时令河消失，湿地、沼泽萎缩。载畜无度致使土壤有机质锐减，草场退化。该地域盛产优质绿豆、荞麦等小杂粮，受国内外市场需求的刺激和利益驱动，“退耕还牧”与“退耕还草”步履维艰。大风袭击形成的沙尘暴波及华北，造成重大隐患并出现严峻的环境问题。因此，制定相应措施，确保生态体系的良性循环已刻不容缓。

改革开放以来，国家重视植树造林，开始沙漠化防治工作，已使科尔沁生态环境发生明显改观。大自然恩待内蒙古并使其成为中国大型生态工程的宠儿，使其成为国家六大林业重点工程全部覆盖实施的省份，如1978年的“三北”防护林工程、1997年的天然林保护工程、2000年的京津风沙源工程及2003年的退耕还林工程等。如今，这里的森林覆盖率已达20%以上。原产于呼伦贝尔市红花尔基的樟子松树种具备防风固沙等许多优势，现已在科尔沁得到普遍栽种。它喜光，抗寒，耐干旱、贫瘠，可以在丘岗阳坡及沙砾上傲然屹立。风沙中，它那两根一束的尖叶仍然碧绿清幽，尖塔状或圆顶状的树冠此起彼伏，覆被瀚海荒沙，无所畏惧。樟子松那黑褐色的坚实树皮，可以储存水分。现在，人工防护林带间距合理，林、草界面契合，实现了生物多样性；林、灌、草相互结合，构成抵御风沙的生态屏障。其他树种同样发挥功效：落叶松树枝平伸舒展，尽情沐浴塞外阳光。树干虽有片状纵裂，但不易剥落并略显紫红色木质，显出刚毅。白桦洁净向上，清新挺拔；黑桦树干龟裂，厚重深沉。侧柏松枝繁茂，迎风摇动。其间，排排杨树茁壮成长。当地还培育了“通林 4 号”等新品种，树干通直，根系发达，其垂直主根可以深入沙层 1—2 米，适用于沙地绿化。中国特有的小乔木文冠果也得到广泛栽种，它花美果香，树姿秀丽，能抵御干旱、寒冷，适宜沙生；是既可观赏又具备生物能源作用的植物。与此同时，科尔沁还非常重视经济林木的抚育。俗称“大扁”的山杏是自然变异中选育出的一种甜杏仁品系，具有防癌功效，可以利用天然野生资源作为砧木嫁接繁衍。当地，还出现了如扎鲁特这样环境改善与经济效益并重的“山杏之乡”。

依照科学发展观的要求，面对气候变化和水资源短缺的大趋势，未来生态工程应当安排灌木为主、乔木为辅的建设方针，优先发展黄柳、锦鸡儿等灌木种群。黄柳作为旱中生灌木，能够耐干旱、抗风蚀，适应沙埋生境。而且，经过流沙掩埋后，更容易生成不定根并形成新枝条，根系可在降水不足 200 毫米的年份继续生长，高温无灼伤，低温无冻害，是干旱地区的理想植物。

科尔沁草原也存在着非地带性的生态景观奇迹，位于科尔沁左翼后旗的大青沟是国家级自然保护区。由于地质构造的断裂，大、小清沟两条水流交汇使沟谷形成英文大写字母 Y 的地貌形态，而且小流域又呈西北—东南走向，正好接受来自东部的季风影响，携带了水汽因而湿润。因此，这里的温带林木长势喜人：蒙古栎树上倒卵形和边缘锯齿形的树叶宽大碧绿，水曲柳的树皮纹理细腻，五角枫树色彩绚丽。沟谷水流潺潺，林中鸟语花香，风铃草当当作响，尾穗苋花簇修长。为保护生态植被而搭建的木板，平铺于幽径小路蜿蜒神秘。途中饱览景点，探索森林王国的珍奇奥妙。攀登山脊，远望座座用树木枝杈筑起的羊毛毡包，极目缓缓行进的勒勒车，聆听马头琴声——她深沉悠扬，讲述着这个由草原养育的古老民族的美好梦想。

辽　宁

魅力大连

海滨城市大连所在的辽东半岛最南端地势险要，如一艘乘风破浪的战舰的船舷，冲破我国东部海疆并将彼此相依的渤、黄两大海体区画分得色彩分明、截然不同，形成一幅波澜壮阔的壮丽景象。这种海纳百川和内外兼顾，恰好塑造了大连中西合璧的城市风格，使之兼收并蓄，朝气蓬勃。

位于百年城区的中山广场，形同法国巴黎凯旋门四周街道的圆形放射状，布局严谨，错落有序，井井有条。围绕广场的环行街道上的许多著名建筑都已纳入大连市第一批重点保护建筑名单。如位于中山广场 2 号的辽宁省外经贸办公楼，建于 1908 年，为哥特式建筑风格。中山广场 4 号是著名的大连宾馆，建于 1914 年，为欧洲文艺复兴时代风格。位于中山广场 1 号的工商银行大连分行，为西洋古典建筑，彰显金融巨头的坚不可摧。它们集西欧不同历史时期建筑风格之精华，是建筑专业学生学习的最好课堂。大连欧式建筑的另一个精品是于 1900 年 10 月兴建的旅顺火车站。车站呈一字形，白墙绿窗，进口处有古典门斗。屋顶正中建有塔楼，其端点为草帽形椭圆尖顶，中间顶部为蘑菇形的塔楼，加强了整个建筑向上的动感。

大连深受来自欧洲的宗教文化影响。位于西岗区北京路上的基督教承恩堂于1914年由丹麦传教士主持兴建，教堂风格中西合璧，主堂与耳堂的平面布局为十字架形，中间为中国式六角形阁楼，体现东西文化交融。宗教改革后，基督教成为丹麦国教，这座教堂也被认为是大连丹麦福音派路德教堂。另外，1928年受英国国教圣公会的影响，在中山区玉光街所建的基督教堂为哥特式与罗曼式建筑的结合，更具不列颠理念。位于旅顺水师营镇的三里桥，那里建有一块东正教的墓地，第二次世界大战胜利后，续建为苏军烈士陵园，那里树立着醒目的十字架并设有祈祷所，还葬有东正教传教士及俄国侨民信徒的遗骸。

大连一直善于接受外来文化并使其成为城市发展的动力。这里，大街小巷到处都能见到韩国的烧烤、日本的寿司和生鱼片、韩国的文字方块拼音，等等。今天，大连仍然吸引着众多俄罗斯人，付家庄清澈透明的碧波和神奇海滩吸引着成群的俄罗斯游客。中老年男士休闲畅谈品味着美酒，苗条少女身着比基尼泳装，在海滩上形成极其醒目的亮点……在滨海大道旁有专门为青年人准备的结婚殿堂。大连有著名的服装节，市中心西餐厅随处可见，音乐沙龙内备有钢琴，可以随意伴奏尽情歌唱。

当然，大连周围的许多文物古迹依然散发着浓厚的中国文化气息。于甘井子区营城子发现的东汉时期的砖室古墓内彩色壁画由墨线勾勒，朱粉、赭红填色的升天、流云、怪兽、门卒形象鲜明。距市区不远处的复州城内明清风格的建筑随处可见：州衙庙宇、古塔书院、商铺作坊。四合院和古民居都显示了中国古建筑的艺术魅力。门墩门楼、正厢瓦房、雕花屋脊、吉祥图案无不彰显着大连城市建设中所贯穿的中国传统风格。白玉山巍峨壮观，它恰如其分地刻画出大连这幅金题玉躞的美好画卷。山麓上斑斑伤痕的炮台，追忆往昔北洋水师的戎战壮举。山礁之间建于1880年的半地穴式清代南子弹库，设计隐蔽、巧妙，展现出人们的智慧。棒槌岛绿草如茵，清新宽阔，体现我国现代园艺的最高水准。20世纪五六十年代由我国建筑设计的老式宾馆现已装饰一新，七座建筑风格各异，令人流连忘返。改革开放后，原国家计委兴建的培训中心成为我国宏观经济领域人才进修的课堂，用中国书法题写的“仲夏客舍”四个字依旧苍劲有力。老虎滩公园入口处的三只东北虎大型壁雕，运用了国画的工笔与写意这两种表现形式。大连市的华夏古韵悠远绵长。

大连位居渤、黄两大海体分界的要冲，色调分异又彼此融合的海水正如这座城市东西兼容的风貌，这两种特色结合所汇成的巨大动力必将推动大连日后的发展。

上 海

南翔古镇

此行上海，承蒙亲戚盛情，前往嘉定区南翔古镇游览，一睹江南风情。南翔古称槎溪，水乡泽国，气候宜人，生态良好；古代多有飞鸟仙鹤莅抵栖息，召唤北燕南翔。南朝梁天监年间，镇上修建南翔寺，古镇随之更名。皈依佛门，香火盛行，更使镇区发展兴旺。南翔寺亦称云翔寺，最盛时有殿宇五重，后因破坏，现仅存山门和部分厢房。山门前东西对屹双塔，砖砌七级八角，始建于五代至北宋间，营造精良，施工锐意，属我国砖塔建筑之精品。前几年，砖塔南侧还出土两口古井，井栏、井身、井底清晰可见。以后，战火频起，为抗击敌军，当地还筑有烽火墩，作为通讯报警之用。与之相对的平原上的岗丘，当地通称鹤槎山，绿化植被，花草点缀，为古镇曾辉。目前，以寺庙为核心，依托旧邑原址，已规划出 14 万多平方米的历史文化保护区，同时开发其他古迹，专辟陈列馆、梳理历史沿革，为发展经济与吸纳游客尽力。

古镇街道井然有致，传统商业区和宁静住宅区错落分布，屋舍参差林立，商铺鳞次栉比。老街长石铺路，遗风古朴。房屋粉墙黛瓦，墙体砖块工整，砖雕为飞马、团寿、葡萄、葫芦等图案，技法娴熟。遗存的一些老式建筑又多加修葺，施工精湛凸显旧貌新颜。住宅进深合理，布局匀称。楼宇前，门楣雕花，石、梅、兰、菊，精巧秀雅。穿心过厅，开间匀称，立面的半圆形拱券工艺细腻，窗棂图案精美雅致。院内盆花枝叶招展，置于地砖或栏板之上，芬芳宜人。以当地文人别号命名的私宅檀园引人驻足流连，院内还有宝尊堂、山雨楼、次醉厅、芙蓉堂等古迹。街巷店铺生意兴隆，匾额悬挂，浮雕书法苍劲有力。楹联对仗，开门迎客。辨别南丝锦缎、绸绉罗麻，光顾文房四宝、湖笔端砚。饭店待客热情，童叟无欺。小吃种类繁多，木槌桃酥、玲珑汤圆、豌豆塌饼、云片切糕等，美食俱全。在一家专营小笼汤包的老店前，车水马龙，宾客满堂，空席难觅。肉馅清香软嫩，灌汤鲜浓醇厚。市民都愿驱车前往并大宗捎回，生意兴隆，远近闻名。古镇依水而建，河流南北通达，槎浦、横沥两水清澈，浜溪渠流东西横贯，塘池点缀，潭泊映衬。沿河筑有尚贤廊与依水建筑，渔船泛舟，荡桨讴歌。三孔的天恩桥如玉带飞跃，联系商贾布衣。民间过节、嫁娶时兴走吉利、太平、兴隆三桥。民宅临水而建，视野宽广，风景如画。多处河阜与码头，方便洗涤、取水、泊船。岸畔辟有青石小巷，蜿蜒曲折，一派宁静和谐的景象。

古镇东侧一隅是早年通判营建的园林，原名猗园，现称古猗园。它始建于明代嘉靖年间，后在清朝乾隆十一年（1746）重修，享誉沪淞。以后，饱受日本侵华战争摧残，几乎绝迹。后经上海市政府鼎力支持得以恢复旧貌，还扩大了面积，成为郊外一处供市民休闲的胜地。园林继承明清两代的营造传统并汲取国学的丰厚内涵：《诗经·国风》中记载，中华文明发源地的卫国淇水，河湾处呈现著名竹海，诗歌“瞻彼淇奥，绿竹猗猗”正是此处园林的真实写照。国人自古爱竹，苏轼认为可以“食无肉”，但不可“居无竹”。竹子寓意翩翩君子，干直中空，秉性正直，显示人的高风亮节与洁身自好。置身园林高处的“竹枝山”，仰望四角飞檐的凉亭，观赏倒影于“戏鹅池”上的竹影，不免心花怒放。恰逢雨后初晴，林中空气新鲜，屋顶卷棚歇山，造型隽美。一侧的梁、柱凌空高架于碧水之上，如鹤栖息。榭前平台边缘设汉白玉石栏，洁白无瑕，根基牢固，栏板、望柱比例匀称，构图讲究，柱头雕刻莲瓣、云纹、龙凤、石榴。不远处停泊石舫，船形逼真，取名“不系舟”。周围有亭台楼阁、厅堂斋轩，沿途廊连馆舍，前后相接。洞窗、洞门多见八角、莲瓣等独特造型，千姿百态。透过这些画框，演绎中国园林的框景、漏景、透景的绝妙手法，为摄影爱好者提供了绝佳素材。此外，各类园林小品点缀其间，活泼自如，相映成趣：石桌、石凳洒落于林中、湖畔，游客可临水坐息，朝观晨霞，暮享落日，夜赏明月，自得其乐。园林讲求用结石叠山塑造峰的险峻、峦的崎岖、涧的泄壑，使人在方寸之间如同登山临水。假山石料选用得益于物产地利：太湖石性坚而润、昆山石晶莹剔透……与之异曲同工的花石小路幽静梦幻，地面铺石考究，人、席、斗、波等纹案如乐曲变奏，漫步其上则似歌唱伴舞。

园内郁郁葱葱，绿荫蔽日。日本帝国主义的野蛮轰炸未能摧毁百年老树，几棵盘龙古槐蔚然屹立，象征中华民族的坚不可摧。两尊唐代经幢于 1959 年搜集整修后移至园内，幢身修长华美并有须弥座与仰莲承托，体现了经典雕塑艺术的魅力，也使园林古韵盎然。

中国自古讲求“嘉木立，美竹露，奇石显”，置身江南古典园林，颇感久居城市后的自然回归，真可谓“良辰、美景、赏心、乐事”四佳俱全。

浙　江

钱塘随笔

唐朝长庆三年（823）至长庆四年（824），诗人白居易任杭州刺史，曾写下《钱塘湖春行》这一著名诗篇（钱塘湖即西湖）。宋代诗人苏轼也有“欲把西湖比西子，淡妆浓抹总相宜”这一传世名句。诗坛两位大家的文藻华赡，恰如其分地描绘出西湖景色的璀璨秀美。西湖不愧为人间天堂，青山碧水，泛舸互答，杉楫松舟，船工悠荡伴歌，青鱼戏饵遨游，抒发轻松欢快的心情，尽赏情景交融的美景。漫步湖上纵贯南北的苏堤，更觉休闲惬意。堤岸林荫葱郁，坛圃花丛绚丽。信步眺望两侧湖光，感触步步即景的情趣。仙山琼阁，青丘琚榭，飞燕展翼，鸟语雀乐。登船环顾湖中三座石雕宝塔，回味三潭印月的独绝。畅游毗邻的小瀛洲，领略堤埂相连、曲桥相通和“田”字结构的巧夺天工，湖中有岛、岛中有湖的水上庭院意境。船靠市中心解放路最西端的湖滨码头，回首远望宝石山上古塔映衬的如镜水面，感受杭州标志性的景观，心情舒畅，触景生情，唤醒思绪。

西湖的奇妙令人想要究其缘由，就成因而论，可参见竺可桢教授的研究成果：西湖成于古代潟湖。所谓潟湖是指沿海由沙坝、沙嘴或滨岸堤与海洋隔离开的浅海湾，后经淤积与海分离并淡化而成。

竺可桢教授是我国著名地理学家和气象学家，曾任中国科学院副院长和中国地理学会理事长。因为他对中国自然环境的研究卓有功绩，曾于1964年2月受到毛主席的亲切接见。“文化大革命”后期，83岁高龄的他又欣然受命组织编辑《中国自然地理》系列专著，为后来的生态与环境保护国策提供参考。他作为浙江籍的美国哈佛大学优秀博士生毕业回国，于1936—1949年在杭州担任浙江大学校长。任职13年间，治学严谨，勇于进取，使一所地方院校跻身名牌高校行列。此后，该校更有长足进展，于20世纪50至60年代建立核物理及无线电两系，这两个专业设在位于杭州城郊月轮山峦的原之江大学旧址。之江大学是我国著名的教会大学之一，现改称浙大之江校区。校园内的主楼、钟楼和图书馆历史悠久，建筑风格独特，属于国家级文物保护单位。

与之江大学旧址毗邻的另一处国家级文物保护单位是六和塔，它始建于五代十国时期，由吴越王下令兴建，以后历经战乱又曾多次翻修与重建。目前的建造严格依照宋代《营造法式》来设计、施工。该书系我国古代有关建筑学的一部重要典籍，闻名中外。该书由当时在汴梁城主持重大建设的李诫奉旨编纂，纲目清晰，详尽、系统地记述了许多官式建筑的设计规范和用料施工情况，是对汉、唐以来中国建筑史的总结和升华。由于遵照《营造法式》设计、施工，六和塔成为北宋开宝年间砖木结构建筑的佼佼者。其造型优美，比例适度，须弥座精工细雕，飞禽走兽，花卉争艳。六和塔的建筑创意体现了佛教中的六和敬，告诫僧人恪守“口、身、意、戒、见、利”，倡导和顺尊敬，表达了中华民族自古以来追求和谐的美好愿望。在古代，该塔体鼎立于之江入海到杭州湾的喇叭口处，威镇海潮，又是水运、航行的导向灯塔。

登塔俯瞰，钱塘江美景尽收眼底，可与古代建筑相媲美的钱塘江大桥就与六和塔遥相呼应，成为中国建筑史上的另一个奇迹。它是我国第一座公路、铁路两用桥，由原天津北洋大学工学院院长茅以升教授亲自主持设计。在抗日战争的艰苦岁月，为捍卫大桥，建设者们也曾赴汤蹈火。后来又在特殊年代里，青年战士蔡永祥果敢地排除桥上的障碍物，用自己18岁的年轻生命保卫了一列客车的安危和铁路车次的畅通。如今，桥头建有蔡永祥烈士纪念馆，永远铭记这位在杭州名垂青史的英雄战士。

杭州缅怀英烈又追思故人，她作为历史文化名城，尊重历史并珍视所有中外人士在城市留下的足迹。原燕京大学校长、前美国驻华大使斯徒雷登（John Leighton Stuart，1876—1962）的父母均为来华传教士，他本人生于杭州并能说一口流利的杭州话。今日，市区路标已明确标出充满基督教风情的名为“耶稣堂弄”街巷。司徒雷登故居和附属的小教堂修葺一新，门口树立他的半身塑像，成为信徒的向往之地和游人的观赏景点。根据他的遗愿，其骨灰安葬在杭州拱墅区半山镇的安贤园。他一直珍藏的一对周恩来总理送他的中国明代彩绘花瓶，现已被送回并由南京周恩来纪念馆收藏。作为原燕京大学创始人，他曾多方化缘筹措办学，甚至自己骑着自行车奔走于京郊勘察校址，又和建筑师亨利·莫菲（Henry Killam Murphy，1877—1954）共同规划建设未名湖、博雅塔等校景。今天的北京大学也因利用原燕京大学这一著名校景而锦上添花。

钱塘江湖相伴，诗情画意，景物交融，人杰地灵。

福　建

走进厦门

闽南名城厦门有许多动人的传说：这里古代曾是白鹭的栖息地，故名鹭城；因盛产的稻谷一茎多穗，又称嘉禾屿；地势险要被喻为国家的广厦之门；等等。诸多佳话始终在吸引着八方宾客来此一游。工作期间我曾两次出差到这里，但都如蜻蜓点水，印象不深。然而，似乎还能回忆起坐在汽车里透过玻璃窗远望的厦门大学的红色的楼群和雨中匆匆掠过的老街区中的骑楼以及那早已耳闻的鼓浪屿。如今，退休闲逸，得以再次亲身走进这座城市，尽情品味。

初春微暖时逢明前，我下榻在与厦门万石山植物园毗邻的一家宾馆，这家宾馆正好与我慕名已久的厦门大学一山之隔。出门就近乘坐87路公交车，只有一站的路程即可抵达。对于厦大，自己还有一种特殊的感情：正当中华民族处于危难之时，天津南开大学的大部与北大、清华南迁昆明成立西南联大，同时，原南大矿科受陈嘉庚先生接应，暂时徙闽研读，借助厦大，讲坛依旧，书声永续。因此，也无比庆幸，这批南开学子曾同时受益于将毕生精力倾注我国教育事业的北南两位巨人——张伯苓和陈嘉庚先生。

厦门大学校园背靠五老山，朝南面向太武高峰，视线开阔。园内映雪、群贤、囊萤、集美、同安等五栋古老的建筑巍然挺立，构图颇具闽南风情，体现陈嘉庚先生和福建工匠的精湛设计。绿色琉璃瓦顶，墙体则为淡黄与绛红相互映衬，重檐歇山顶，两侧副楼，“以一带四”左右对称，类似泉州一带的民居。芙蓉湖畔的几座砖红色的学生宿舍楼，外围设有券柱、通廊，师生可尽享课余生活的舒适。厦门大学建校时选址在民族英雄郑成功操练“铁人军”的演武场，寓意着秉承先辈爱国兴邦的宏图壮志。厦门大学的百年历史业绩，无愧先驱前辈的办学初衷，易中天等一批学者正在为这座高等学府再创辉煌。

厦门借鉴了很多西方城市建设理论和建筑风格。市区交通主要依靠大同路、明思路、禾嘉路、厦禾路等几条骨干线路。市中心最古老的中山路现已辟作步行街，繁华的商号与传统的骑楼融合适度。所谓骑楼是指楼房底层的前半部跨越人行边道兴建，其后为店铺，在路边相互连接形成步行的长廊，可供避雨、遮阳。骑楼的建筑形式反映出一种文化的传播：它起源于希腊，又传到南欧，而后应用到东南亚。欧洲的建筑设计理念经南洋消化吸收后，再由华侨返乡带回广东、福建应用。厦门中山路步行街上的这批骑楼也属于我国南方此类建筑的精品，并以骑楼上层楼房立面外精巧细腻的窗饰而著称。厦门骑楼上的各式窗户都将窗台突出，下面施加托脚，窗楣位置还设置凸于墙外的“檐口”（又称“窗套”“窗花”）。整个窗体如同镶嵌在墙面上的众多老式座钟，古色古香。同时，窗外装有百叶窗（louver window），终日规律开启、闭合，宛如定时拨动座钟的发条，非常规律。“louver window”一词出自法语“louver”，体现了法国南部地中海沿岸的灿烂阳光和浪漫风情，也体现了家居生活的私密与宁静。百叶窗可以避免现代生活中的“空调病”并且有利于节能与环保。楼顶上是特有的“女儿墙”，宝瓶状围栏散点其中，犹如巨人头上的桂冠，庄重华贵。当今，楼盘的“底商”和小区一层已经成为购房者关注的经济热点，近代历史上的骑楼可能会给开发商和社区提供有益的启迪。

与厦门岛一衣带水的鼓浪屿犹如依恋在慈母身旁的娇子，独具魅力。耀眼的日光岩像孩童可爱的笑脸，惹人喜爱。当我抵达这块梦境之地时，忽然想起此行南下所乘的那趟“鼓浪屿号”列车，车厢走廊上铺着由钢琴键盘与五线谱音符组合图案的细长地毯，预示开往这座神奇海岛的音乐之旅。鼓浪屿无愧是钢琴之岛，整个岛屿都被悠扬的乐曲环绕，儿童幼年时就能受到良好的演奏训练，琴童众多，高手云集。这里曾先后培育出殷承宗、杨鸣等钢琴家。还有钢琴才子许斐文，五岁习琴，乐感超群，成人后曾在著名的鲁宾斯坦国际钢琴比赛中一举夺冠，成为首位获得金奖的华人。不幸的是，2001 年 11 月 27 日他在前往祖国边疆传播经典音乐的途中遭遇车祸，英年早逝。这里的人热爱音乐、痴迷钢琴，甚至还出现了钢琴收藏家。定居澳大利亚的胡友义先生，于 1936 年在鼓浪屿出生，他自幼酷爱钢琴艺术。改革开放后，他将自己多年收集的各类钢琴 70 余台无私捐赠，并在鼓浪屿风景如画的菽庄花园听涛轩建成一座钢琴博物馆，享誉神州内外。第二次世界大战致使欧洲大陆早年生产的许多优质钢琴毁于战火，而鼓浪屿所收藏的钢琴主要源自大洋州，它囊括了早期德国斯坦威（Steinway&Sons）和奥地利的国宝蓓森朵夫（Bosendorfor）等名牌钢琴，在国际上也可称之为是“重量级”的钢琴博物馆。小岛有着发展钢琴艺术的优良传统，也是培养钢琴人才的理想基地。为此，中央音乐学院已与厦门市政府签约，在这里共同建立钢琴学校，培育精英，让更多的高手由这里走向世界琴坛。

琴声流畅，旋律激荡，聆听海浪拍岸的阵阵波涛，如同音乐会上大师演奏的一首首汹涌澎湃的钢琴协奏曲。厦门令人回味无穷，如能再来，仍会感悟新意。

山　东

流连青岛

儿时，哥哥出差青岛，自己在他所寄家书的附言中写道："您在青鸟好吗？"一时成为家人的笑谈。多年来因为各种原因，一直未能到访青岛。时逢春天旅游淡季，总算实现了自己的夙愿。

青岛在建城伊始就留下了讲求严谨的日耳曼人的痕迹。德国具有正统的地学基础又很早着手景观学研究。所以，青岛最初建设的海滨别墅群多与港湾自然环境匹配、协调，技术精湛的德籍设计师还算交出了满意的答卷。同时，不少欧洲其他国家的技术人员也来此地施展才华。胶澳收复，民国政府恪守"对新建筑之外观，得根据学理参酌临近状况，加以相当裁制以求适合环境，不碍观瞻为原则"这一规范，继续建造了一些精品力作，使青岛在中国近代建筑史上树立丰碑。为此，20 世纪 90 年代以后，国务院先后将市区的德国建筑群和八大关近代建筑列为国家级历史文化保护单位。

俄罗斯著名作曲家穆索尔斯基为建筑师维多克·哈特曼的绘画作品写了一部名为《图画展览会》的钢琴套曲，旋律优雅，创意新颖。身处暮春的青岛，倾听海浪拍打沙滩时的节奏，欣赏风景如画的建筑杰作，感受欧洲异国风情，让人流连忘返。

毗邻海滨，有多座外廊式别墅，它们设计独特，具有亚热带地区的建筑特色：其主建筑的一侧或几侧多设置休闲空间，可将住房的室内功能进一步延伸，以获取最佳避光、通风效果，不同于我国传统观念的只作为交通联系的前后廊道，还可以饮用清茶、咖啡，观景，读书和小睡，十分惬意。

在滨海大道要冲的积善堂，可以看到一栋典型的英国田园风貌的小楼，红瓦的陡坡屋顶让住房夏季凉爽。冬季时小楼借助壁炉取暖保温。主体房角由花岗岩砌筑，烟筒笔直，突出楼体的挺拔。石砌门廊，拱券门窗，雕琢精巧。墙体采用古老的半木构架，其下衬以淡黄色的抹灰墙面。庭院宽阔，绿树环抱，门前草坪如茵，微风吹拂，如那曲古老的英文歌谣："夏日来临，小鸟歌唱……"

穿过宁静街巷，可以看到楼房上的复折式孟莎屋顶，"孟莎"一词源于法国建筑师弗朗索瓦·芒萨尔（1598—1666），"孟莎"即芒萨尔的音译。建筑立面庄重，横竖三段式，门廊装饰圆柱并带有半圆或三角形门楣，它的连续券廊、宝瓶状栏杆及多层檐口施工精良。具有南欧地中海情调的房舍保留特有的白色木制百叶窗，对应那缓坡红瓦、单色拉毛墙面和齿状的墙檐瓦，相映成趣。另外，阳台的铸铁曲线形栏杆和富有装饰性的细部以及精工细作的倒钟形窗托，更具地中海风情。附近也能找到几处俄裔建筑师的佳作，在由复杂木窗棂和钝角顶山墙搭建的房屋上，能看到斯拉夫人的农庄木屋的情结。

高地上一处德国式建筑体现了设计师的匠心，其立面呈不对称形，各部独具个性而整体又融为一体，凸显凝重与威武。建筑以厚重的砌体竖立，巨大方块间的缝隙均匀清晰。房间采光较好，内有哥特式细长窄小的立式窗户，增强建筑的承载力。内部装饰富丽堂皇，配以三角钢琴，更显高贵、典雅。利用地势突兀的岸边岬角，还设计建造了独树一帜的“花石楼”别墅，其墙基、墙身和竖直墙角采用颜色各异的石材砌筑。砌石粗犷，坚固可靠；塔楼顶部的女儿墙辟有雉堞，彰显古堡本色。楼宇布局匀称，空地绿树成荫，梧桐、悬铃木、碧桃、紫薇、雪松，灿若云锦，意趣盎然。

坡麓高岗建有天主教和基督教教堂，唱诗班声部均衡，和声嘹亮。这里已经成为青年男女拍摄婚纱照的热门景点，一对对热恋的情侣让殿堂见证他们对彼此的郑重承诺。

青岛也有许多中国元素让人印象深刻：八大关景区的街道均采用中国历史上的著名关隘命名，如嘉峪关路、紫荆关路、正阳关路和居庸关路等。其中，函谷关、宁武关、临淮关等通衢要隘的建制可以追溯至战国。始建于光绪十七年（1891）的前海栈桥历史悠久。今天的江苏路实验小学，最初设计采用了中国建筑传统的对称组合方式，正面有内凹的两层主楼，两侧为一层配房，格局庄重、大方。楼顶前檐上“1901”的字样表示校史之久长。

然而，曾有一段时期，青岛偏离了“严谨”的建筑风格。在 20 世纪 70 年代末，北大自然地理专业陈传康教授就对刚刚竖起的高楼破坏青岛海滨景观的败笔提出过尖锐批评，现今则有过之而无不及。因此，呼吁传统的回归确有必要。

湖　北

巍巍武汉

长江天际，黄鹤玉笛，时逢辛亥百年，九省通衢的武汉三镇更显雄伟壮丽。举世闻名的东湖碧波荡漾，泛舟轻楫，舒爽宜人。湖滨的省立博物馆内，华夏国宝级文物曾乙侯编钟，声响纯正，浑厚悠扬。钟鼓竽瑟，和声共鸣，由近处的听涛景区远抵磨山，奏响民族兴盛的强音。漫步于行吟阁前，伟大诗人屈原塑像巍然屹立。回味《楚辞》的奇妙韵律，一睹楚国大地的地物景观，思绪万千。这里，云梦泽国，澄江似练，热血激荡，民国首义，是推翻帝制的楷模又是建设实业的范例。

晴川历历，芳草萋萋，屈原“举世皆浊我独清，众人皆醉我独醒”的精神始终影响着这片土地，刚正不阿的江城率先向腐朽的满清帝制发难出击：1911 年 10 月 10 日，在清末新军工程第八营营房，血气方刚的共进会代表熊秉坤等革命党人，打响起义的第一枪，攻克楚望台军械库，推翻统治，实现共和，在亚洲开创了民主议宪体制。如浩瀚长江宣泄奔腾，革命洪流势不可挡，鲜艳的九角十八星铁血战旗飘扬在中华大地上。1911 年 11 月下旬，光复后的各省都督齐聚汉口，举行会议筹建临时政府。公推新军第 21 混成协统领黎元洪为政要，宣告“以共和政体建设民国”并颁布《中华民国临时约法》。1912 年 4 月孙中山应黎元洪邀请来鄂，共商治国理政大计，中华振兴由此起步。

今天，湖北武汉铭记历史，城内民国遗风犹存。龟山麓侧孙中山先生纪念碑昂然树立。其南面，身着中国传统服装的中山先生铜像慈爱可亲。不远处还建有拜将台，作为同盟会领导人之一的黄兴曾出任革命军政府的战时总司令，在这里筑台授印。毗邻江畔的宋庆龄故居庄重典雅，供人怀念戎马伉俪。晚清湖北咨议局旧址，鄂军都督府的红楼已修葺一新。汉口中山大道六渡桥处的三民路，将寓意“民生、民主、民权”的三条街道串联，领悟“三民主义”的奥义。黎黄陂路（黎元洪路）和蔡锷路标识醒目，缅怀先驱功绩。早在 1936 年就以湖广总督张之洞命名的道路也于 2010 年得到恢复，沿途可追忆他“自强、求富”的奋斗历程。

中国近代史上唯一两任总统、三任副总统的黎元洪墓冢，几经磨难现已修缮完成。照壁亭廊，镌石碑记，共和磐石，乾坤正气。作为辛亥先辈，他安息在桂子山华中师范大学的校园里，似在嘱托散发青春气息的莘莘学子。如今，这块土地上已经养育出一支国内外小有名气的女声合唱团，这些靓妆少女，亭亭玉立，用美妙的歌喉唱响天籁佳音，不忘先贤意志，为国争光。

纪念辛亥革命，回望武汉的征程轨迹。西学东渐，在汉阳铁厂、兵工厂以及纱、布、丝、麻四局等早期工业形态的基础上，现代金融业与外来机构在武汉发展迅速，还形成了今天作为国家级文物保护单位的汉口建筑群，这是近代遵从欧洲建筑的设计理念，相继完成的一批力作。其中包括1920年兴建的汉口汇丰银行，其立面严谨对称，主体为十根两层通高柱廊，展示出高贵气质。1922—1924年建成的江汉关大楼，主楼呈正方形，临街墙面设置花岗岩廊柱，主入口处半圆拱券，两侧双柱与钟楼，强调了对称和海关机构的庄严、郑重。因地制宜，多座建筑物采用古罗马风格，轴向路径进入方式与四方殿宇台阶应用于建筑基底，以利于汛期防洪。附近还有由爱国华侨简氏投资兴建、于1921年落成的南洋兄弟烟草公司分公司大楼，这是在国内较早使用混凝土结构的建筑之一。还有1935年由中国建筑师设计完成的中国实业银行大楼，颠覆传统，标新立异。

同时，民国政府还倡导建筑风格的“中国固有之形式”并让对中华古建筑敬仰的欧美国家建筑师充分发挥才干，设计完成了由清末张之洞创办的自强学堂。其后，在该学堂基础上创建发展为武汉大学。武大校园内的建筑既有欧洲古典风格的圆穹屋宇，又有中国式建筑的四隅相对、雍容华贵，是中西合璧的典范。民国尊重知识、珍惜人才，任用地质学家李四光、林学家叶雅各统管武汉大学建设，其选址落架山（或罗家山，闻一多先生出任文学院院长后更名为珞珈山）有效利用了原本荒凉的土地。学生宿舍建在山坡，图书馆地处山顶、绿草如茵。学校比邻湖畔，体现了“仁者乐山，智者乐水”的儒学理念。

如今，巍巍武汉展现出多姿多彩：秀美的汉口江滩让人流连忘返，我国自行设计建设的七座武汉长江大桥轻易地跨越天堑，艺术宫殿和武昌车站等几座风格独特的新建筑拔地而起……华中巨人正在崛起。

台　湾

台湾观感

祖国宝岛台湾漂亮、美丽，袅娜多姿，神采奕奕。

环游岛屿，眺望纵览那神奇的海岸：北部有风景如画的狭长海岬，向游客呈现千姿百态的地质奇观，宛如伸向大海的触角，镇守疆域。由于海蚀和风化，岸边岩石形态各异，形成烛台、蜂窝、棋盘、姜块、洞穴等奇妙形状。驱车前往台北淡水的出海口，在潮间带上可以探索海边红树林生态群落的奥秘：湿热条件使得众多生物在此栖息繁衍，乔木、灌木生长繁茂，防风、御潮。陆海交错，水鸟迁徙，令摄影者赞叹不已。

南下，美丽的西海岸则尽收眼底，沿途地势宽广、平坦，沙滩星罗棋布，可以游泳、冲浪，尽享蓝天、白云和黄金海滩的美好风景。直驱台南农业区，一览沃野碧绿。南国海洋生态环境所特有的珊瑚礁使垦丁国家公园风光千姿百态。生物碎屑石灰岩把海岸地貌装点得神奇可爱，在猫鼻头景点上，由岩壁滚落礁石形成的“猫咪”紧贴海岸，恰似警守在台湾、巴士两海峡间的威严士卒。东侧与其对称的另一处礁岩形同帆船，当地称为“鹅銮鼻”，展现了珊瑚礁隆起后的海岸奇观。上部有一座堪称“东方之光”的古老灯塔启用于光绪九年（1883）。这里详细记载着中国近代的开埠历史，标志着闭门锁国的终结和走向世界的开始。向北拐向东海岸，波涛汹涌，碧蓝清澈，银花飞溅。居高临下俯瞰断层海岸，令人心旷神怡。

由海岸沿地势上行，岛上山川秀丽：山顶皑皑白雪映衬着绿色的林草似玉琢成器，晶莹璀璨，吸引无数登山者竞攀。阿里山森林资源丰富，珍稀树种繁多。桧树枝叶散发着浓浓芳香。山谷纵横，潺流湍荡，日月潭如一对孪生姐妹结伴镶嵌于山间盆地，碧波明镜，清澈隽丽。能歌善舞的阿里山姑娘，如西施东渡，靓妆出行。

台湾的高等学府依山傍水，治学严谨，成就辉煌：高雄的“中山大学”近邻沙滩、面向大海。桃园中坜的“中央大学”依托山峦坚固有保障。阳明山麓的东吴大学绿树成荫。台湾多所大学不断创新，成绩斐然。国际权威的英国高等教育研究机构 QSQuacquarelli Symonds 公布了 2010 年亚洲 200 所知名大学排行榜，台湾共有 17 所大学入选。而且，其中 5 所大学的名次已比上次评比更为靠前，令人心生感叹。台湾的高等教育正在走向世界。

优秀的高等教育必然有坚实的中学基础做保证。台湾中等教育既有日本教育的特色又有欧洲教会学校的传统：继续坚持男女分校。历史悠久的台北市立第一女子高级中学（北一女中）仍然延续着绿衣黑裙的传统，培育巾帼风范。其他女中也在源源不断地输出人才。师大附中等誓要打造一代血气男儿。台湾中学教育兴旺发达，岛内的小学也如雨后春笋，生机勃勃。

台湾的城市建筑风格是个性与古典兼容。台北市中心的机关大楼中有多座建筑沿用巴洛克式风格，港口及海滨又保护了一批欧洲伊比利亚式的城堡和不列颠式的府第。同时，也有对中国古典特色的继承。圆山大饭店和台北大剧院，琉璃盖顶、丹朱圆柱，花鸟彩绘，体现了中国传统建筑的宏大、端庄与凝重。“台北故宫”彰显皇家气派。它以明、清紫禁城为模板构建须弥台基和重檐庑殿。参观者在内亦可饱览汝窑青瓷、书圣真迹等瑰宝国粹。老城中的城隍庙又能反映来自闽南的能工巧匠的精湛手艺。世纪之交新落成的佛教寺庙及书院既体现对佛祖的无限推崇又体现对现代建筑理念的追求。中台禅寺和慈济大学及其附属医院，展现了当代台湾禅宗与今日建筑的完美结合。

台湾是美丽宝岛也是音乐天堂。各处景点可经常见到台湾少数民族歌手引吭高歌，歌词朗朗上口。这些民歌、歌谣流传深广并不断滋养台湾乐坛，使之人才辈出。生于台北淡水镇的中国近代著名作曲家江文也才华横溢，他的管弦乐作品《台湾舞曲》于 1936 年就在国际比赛中获奖。时逢他百年诞辰，海峡两岸都在举办音乐会纪念他。著名音乐评论家、东吴大学教授张已任关心音乐教育事业，他被聘为中央音乐学院客座教授，参加研究生学位论文答辩。台湾重镇嘉义，2011 年举办世界管乐音乐节，迎接五洲乐手。对祖国宝岛台湾美好的憧憬正如那首熟悉的旋律：“甜蜜蜜，你笑得多甜蜜。”

国外篇

法　国

巴　黎

法国出版的旅游地图上对巴黎市中心大约八平方千米的黄金地段专门标注方框图例，以吸引游客关注。那里汇集了欧洲著名建筑精品。这是由19世纪中叶法国城市规划专家奥斯曼（Haussmann）创造的城市建筑杰作。酷爱艺术的法国人称它为“奥斯曼画廊”（Galerie Haussmann）。他的作品也为世界城市规划科学提供了参考。

我和老伴尽量放慢速度，仔细品味这块达官贵人和社会名流经常漫步的地方。素有“巴黎广场皇后”之称的旺多姆广场（Palace Vendome），大理石的地面光洁平坦，两侧橱窗里陈列的时装和香水都散发着法国的特有气息。正中金属铸造的纪念柱，采用从墩座一直延伸到柱头的连续螺旋式浮雕设计，彰显着法兰西的建筑美学。巴黎不愧是文化艺术之都，加尼耶歌剧院（Opera Garnier）地处路口的要冲，犹如一座艺术殿堂向世人展现法兰西文化的辉煌灿烂。站在她的近旁，就仿佛已经被那优美的古典音乐和迷人的芭蕾舞姿所倾倒。歌剧院的整体造型庄重、富贵，装饰豪华。院内建筑石料采选精良，浮雕、油画随处可见，吊灯明亮奢华。正面多扇大门并排排列，券、柱设计独具匠心。歌剧院的正式名称为国家音乐专科学校（Academie Nationalede Musique），法国从很早就建立这样的机构对儿童进行音乐和芭蕾的专业培训。歌剧院还附设图书馆，藏有珍贵乐谱，体现了国家对文化、艺术的重视。

在歌剧院东南一隅的路口，我竭力打听通往蒙马特尔（Montmartre）的道路。但由于表达的差异，路人把我所想去的地方指成马德莱娜（La Made leine），这反倒使我意外地发现了又一名胜古迹，这就是著名的马德莱娜，一座古罗马式建筑，被用作堂区教堂（Paroisse de la Madeleine）。其构建采用底座延伸的矮墙，确定了轴向路径的进入方式，排除其他侧面进出的可能；加上长台阶和深门廊增强了步入祭坛的唯一性与神圣感。同时，又提供了雕塑性装饰的空间和场所，是西方建筑学中的又一典型范例。更好的是，由此前行，站在另一端的路口，正好看见著名的协和广场（Place de la Concorde）和中央具有古埃及风格的方尖碑（obelisque），以及绿草如茵、风景如画的街心公园和国际著名的香榭丽舍大街（Avenue Des Champs-Elysees）。这是巴黎城区建设的精华所在，充分体现了环境与人文的和谐。

巴黎的城市规划，除了重视对中心区的设计外，还非常注意对其周围自然地理要素的利用。巴黎城区东西两侧分别为樊尚森林（Boisde Vincennes）和布洛涅森林（Boisde Boulogne），绿荫环绕。流经巴黎的塞纳河河曲中的两个沙洲岛屿，是巴黎城市发育的母体，其中最大的西岱岛（Ile de la Cite）上建有巴黎圣母院（Notre-Dame），她见证了法兰西巨大的历史变迁。而巴黎平原上的一块高丘又成为凯旋门（Arc de Triomphe）的所在地，以她为中心形成环形放射状的街道格局。而我要找寻的蒙马特尔则是城市北部的一个更高的高地，其标高 129 米。1876—1910 年，其上建圣心教堂（Sacre Coeur），白色的圆弓形塔尖，可与埃菲尔铁塔（Tour Eiffel）竞相媲美，成为鸟瞰市区的又一处亮点。

巴黎是联合国教科文组织的所在地，该组织对世界文化遗产极为关注。巴黎拥有众多世界文化遗产，并为人类文明做出了杰出贡献。巴黎没有遭遇房地产开发给老建筑带来的摧毁。巴黎的经验应为世人所汲取。

意大利

威尼斯

意大利著名水城威尼斯（Venezia），全市周围平静的海水是源自海洋的三次环抱：被欧、亚、非三大洲围成地中海，亚平宁半岛和巴尔干半岛之间又形成亚德利亚海，而海湾的端点再圈成潟湖，威尼斯就呈现在这片独特的海域之中，成为人间的一处仙境。

威尼斯城区岛屿纵横，水系密布，宛如散落的翡翠，而且，又有百座形式各异的小桥联系其间，增添了高雅、迷人和浪漫的情趣。市区没有汽车行驶，是一个只能步行与乘舟船的独特王国。水城市区的主干线是一条大运河（Canal Grande），呈S形，把城市分为东西两半，两个弯道使之凹凸相嵌。沿岸各式宫殿典雅华丽，多座楼宇巧夺天工。泛舟运河，可以极目观赏这里的诸多国际建筑精品，如洛雷丹宫（Palazzo Loredan）、法尔塞蒂宫（Ca’ Farseti）和卡多罗金殿（Ca’ D’ doro），千姿百态，竞相争艳。意大利的建筑师把建筑当成艺术品精心雕琢，一丝不苟。每座建筑都特别注意其正面装饰：丰富多彩的门廊和精雕细刻的山花。拱廊展示皇家风范，门、窗、柱、券式样丰富多变。面体上有金箔与墙饰，地面上用马赛克呈现明暗相间的效果。建筑工艺精良，建材质地考究。

跨越运河的桥梁设计独特，地处游览起点的斯卡尔齐桥（Pontedi Scalzi），非常夺目。里亚尔托桥（Pontedi Rialto）的白色大理石洁白高贵，廊桥浮亭独具匠心。不断汇入运河的支流，小桥拦腰截断营造出水中梦幻意境，为欧洲油画与水彩画提供了素材。在人类文明史中，建筑与音乐的发展都经历过文艺复兴（Rinascimento）、巴洛克（Barocco）、洛可可（Rococo）、古典与新古典时期。触景生情，目睹不同时代的建筑，也自然唤起人们对那一时代乐曲的回忆。运河之中的建筑倒影神奇莫测，船只穿梭随波荡漾。既有大型游轮，也有凤尾式的贡多拉（Gondola，中文翻译成“威尼斯轻舟”）。威尼斯轻舟船工边划边唱，悠扬自得，让人们想起美妙、动人的威尼斯船歌 barcarola（或称舟子曲）。古老的旋律现已转用于任何 6/8 拍或 12/8 拍的曲调，几位音乐大师都曾采用船歌形式谱写了优美的声乐与器乐作品。

游船抵达全程终点，也是威尼斯的精华所在：著名的圣马可大教堂（Basilicadi San Marco）巍然屹立。建筑风格博采罗马与拜占庭艺术风格之所长。意大利文中的“大教堂”采用“巴西利卡”（Basilica）一词表述，即长方形的大型建筑。反映了对西方建筑史的传承。它代表了建筑学历史发展的一个重要阶段。“巴西利卡”成为罗马式建筑中最富特色的一种类型，适合任何场合，包括法庭、交易所等，成为一种官方认可的公共建筑类型并为早期基督教所接受。教堂平面呈十字形，上方加覆穹隆。意大利人为国家祈祷的大型宗教活动都在这里举行。教堂很早就拥有两架管风琴，两个唱诗班（或几个唱诗班）分列两旁，形成 16 世纪所特有的应答唱法并成为威尼斯乐派（Scula Veneziana）的重要特征。圣马可大教堂的钟楼挺立于码头之首，悠扬的钟声为城市的兴旺祝福。宏伟的总督府（Palazzo Ducale）记录了威尼斯的历史变迁。威尼斯原来是一个强盛的国家，英国剧作家莎士比亚（Shakespeare，1564—1616）的剧作《威尼斯商人》（*The Merchant of Venice*）里所描绘的场景正是威尼斯辉煌历史的真实写照。水城的建筑让世人赞叹不已。为此，这里有两年一次的威尼斯国际建筑双年展（The Architectura la Biennale di Venezia），被喻为全球建筑界的“奥斯卡”。而且，著名的威尼斯建筑学院［Universita di Architettura（Venezia）］也在不断地培养建筑精英。建筑是人文领域的重要方面，威尼斯在天赐乐土上再造“人间仙境”，使之成为世界文化遗产，意大利人功不可没。

罗　马

在罗马的达芬奇国际机场办完出关手续后，我乘坐一条铁路专线直通市中心的中央火车站（Stazione Termini）。所有抵达列车都能沿纵向对准车站出口，下车后拉着行李箱即可迅速出站，步入市区，过程便捷。但是，下榻却遇到困难：繁华的国际大都市，没有预订房间就很难找到宾馆入住。我只好拖着行李，逐个询问，内心焦急。倒有天赐良机，在一条街道的尽头碰上一家浙江人开设的旅店，出于对同胞的关爱，值班人员便主动为我在楼顶的小屋临时搭铺，但要求早晨起床后必须立即收拾，拆掉折叠床，以免市内主管部门检查时被处以违规经营。安排我住宿的华侨十分勤奋，晚间值班时仍坐在前台拼命念读意大利文，还不时翻阅《意汉词典》。这些人正在异国他乡辛勤耕耘，艰苦创业，更有许多中国青年来此探求意大利美声唱法的真谛。在饭馆里，经常能听到他们同乡聚会时演唱歌剧咏叹调的选段。意大利政府对华启动“图兰朵”计划（“图兰朵”一词出自普契尼歌剧的名称，剧情讲述欧洲王子与中国公主的传奇故事），力求吸引更多的中国学生前来留学。亚平宁半岛是文化之邦，意大利人酷爱艺术，不少街巷都有艺术家摆放自己的油画作品出售。

建筑属于凝固的艺术品。罗马城内、广场、街道的雕像构成了享誉世界的罗马式建筑，成为西方建筑史上的重要流派。其建筑风格宏伟、凝重，广泛使用爱奥尼亚（Ionic）、科林斯（Corinthian）、多利斯（Doric）等多种柱式，柱头茛苕叶与双涡饰装华美，柱基由逐级同心圆环状包裹，牢固坚实。记功柱上的连续螺旋式浮雕自墩座一直延伸到柱顶，挺拔端庄。殿堂石拱券附有独立柱体承重并派生出筒形和十字拱形，穹顶威严庄重，额枋工艺精湛。

罗马古城山丘环绕，北部陂麓有通往圣三一教堂（Trinitadei Monti）的连续台阶。坡度适中的130多级台阶，分为12段，沿台阶拾级而上，可到达建于16世纪初期的古老教堂。教堂双塔挺立并在正前方高高立起一座方尖碑，在人们的心理上营造了一种敬仰之情。阶梯的建造体现人们逐步攀登、虔诚朝拜的决心与信仰。平原、河畔的古建筑年代久远，魅力非凡，成为世界文化遗产。其中，万神庙（Pantheon）是古罗马的建筑杰作，由奥古斯都大帝的女婿于公元前27年兴建，又于公元125年重建，公元609年被罗马教皇用作教堂，近代又成为名人灵堂。其正面是16根红色科林斯花岗岩石柱，上覆三角形门楣和长方形柱廊，这种架构一直为各国设计师所效仿。巨大的古罗马斗兽场（Colosseo）建于公元70—80年，形状如同一座圆形体育场，专供观赏角斗、斗兽。由于利用了原来湖泊底下的黏土层，地基十分坚固。为容纳5万观众的巨大人流，还特意建造了80堵放射状竖墙和76处入口。设计也反映出古罗马的等级制度：专门划出进入皇家包厢的4个门廊，指定最下三层座席采用大理石材料并供富人使用，最高处的木质座位则面向社会穷人。圆形结构四分之三的外墙都建有壁柱，形式各异，美观大方。与它比邻有建于公元81—96年的康斯坦丁凯旋门（Arcodi Costantino），石拱四面与柱子相连，顶楼为四马双轮战车，展示君主远征的战绩。在流经罗马的台伯河畔设圣天使古城堡，它建于公元135—139年，在它正方形基础上层构筑圆形主体，最高处立有天使雕塑。这里起初是哈德里安皇帝及其家族的陵墓，中世纪时期曾改作要塞和监狱。与其跨河连接的圣天使桥造型优美，桥的两侧有12座精美石雕，桥、堡相互映衬，成为城市的一大景观。

走过古堡，便可进入天主教教皇所在地梵蒂冈（Cittadel Vaticano），严格地说它与罗马分属两个不同的行政区，1929年的《拉特兰条约》（*Lateran Treaty*）确定了其独立地位。那里，以使徒彼得命名的广场 Piazza San Pietro 和大教堂 Basillica San Pietro 宏伟壮丽。教廷专用的西斯廷教堂（Cappella Sistina），教堂墙壁上有米开朗琪罗的真迹《最后的审判》，他还在天花板上亲手绘画了《创世纪》。这位文艺复兴的巨人在72岁高龄时设计了圣彼得大教堂的硕大圆顶，成为巴洛克建筑艺术的顶峰。另外，这里的博物馆珍藏有许多全球瑰宝，图书馆拥有近7万份罕见手稿，其中有一部4世纪的《新约全书》为稀世珍宝。2008年5月7日，著名指挥家余隆率中国爱乐乐团和上海歌剧院合唱团在大厅为罗马教皇本笃十六世演奏了莫扎特的《安魂曲》和中国民乐《茉莉花》，深受教皇喜爱。2014年8月14日，教皇方济各访问韩国，其间在飞越中国领空时又向习主席和中国民众表达祝福，展现了中梵关系的美好前景。

我被古罗马的历史遗迹和经典建筑深深吸引并心向往之，其中一个重要原因在于它是联合国粮农组织的所在地。改革开放初期，该组织最先帮助我国引进遥感技术并实现了资源考察的空间对地观测。1979年，该组织负责遥感技术的帕奇科（R. A. Pacheco）先生来华，执行在中国河北进行的遥感土地资源调查的合作项目。其间，我与他有过密切交往，并在项目中完成了自己的硕士学位论文。如今，漫步在罗马街头，走过康斯坦丁凯旋门，依照当年该组织给我们寄送大幅卫星照片的发件地址 Viadelle Termedi Caracalla，找到粮农组织的所在地并在刻有 FAO

铜牌的大楼门前留影，感慨万千。今天，帕奇科先生已从这座办公楼里退休返回故里，我国从事这一行业的何昌垂先生现已当选为该组织的副总干事长，他将从更高层面推动全球粮农事业的国际合作。

现在，国内访意人士很多，这里有许多宝贵经验值得借鉴，北京人民大会堂四周的柱体设计思路就源自这里。今后，希望我国的城市建设项目多出精品，传承华夏文明，切忌盲目照搬。

荷　兰

荷兰两首都

荷兰本称尼德兰王国（The Kingdom of the Netherlands），因其荷兰省最为出名，故尼德兰多被称为荷兰。“尼德兰”（Netherlands）一词系指“低地”。荷兰人是善于和大海搏斗的伟大的民族，经过千百年来的围坝造田成就了现在的奇迹。至今，这里仍有大片国土低于海平面以下，但仍不惧惊涛骇浪，继续在低地上创造奇迹。

由比利时进荷兰，经由南郊到达首都阿姆斯特丹（Amsterdam）。时逢晚饭，即在城南阿姆斯特芬（Amstelveen）附近一家华人饭馆就餐。这里地处郊外居民区，正好在餐后的闲暇可一睹阿姆斯特丹郊外的住宅建筑的风采。镶嵌在草坪与密林之中的一片低层别墅式小楼，错落有序。三角形屋顶铺满鱼鳞状挂瓦，衬得建筑更加俊俏。白色窗框置于深色立面之中，线条突出。毛面砖砌更增添了外表的质朴。小区绿篱围栏，卵石花径，苍松杉榉，藤蔓攀延，环境幽静，亲切宜居。

傍晚，旅游团下榻在城东南的三星级宾馆 ACRestaurant&Hotel，此地畔依在流经市区的哈斯珀（Gaasp）河岸，地处商务区边陲的一块安静绿洲，来客多为旅游者及自行车爱好者或垂钓人。由于在荷仅住一夜，因此必须抓紧时间去争取看到更多景点。即使夜幕降临，也要摸黑上路去市中心游览阿姆斯特丹的夜景。

由距宾馆不远的郊外终点站哈斯珀普拉斯（Gaasperplas）乘53路地铁进入市区，再由市中心的中央车站下车步行至繁华区。古老的车站建于1889年，中央入口处的两侧是一对塔楼，还有一个时钟、一个风向标，反映“风车王国”荷兰非常重视风力资源。经车站广场步入丹拉克大街（Damrak）。沿街的店铺灯火通明，商品琳琅满目，外汇兑换点随处可见，夜生活内容异常丰富。因鼓励自行车出行，沿街租赁十分方便。市中心南端是达姆广场（Dam），其侧面为皇宫（Koninklijk Paleis）所在地。设计于1655年的皇宫，严谨方正，楼上三角楣下的雕塑栩栩如生，象征城市备受海神的看护，也反映它在拿破仑入侵前曾作为市政厅建筑的定位理念。今天，作为女皇官邸又体现了阿姆斯特丹的政治首都地位。不远的旧教堂Oude kerk建于14世纪初，入口多处玻璃立面，使殿堂更为光亮，彩色玻璃上的圣画，讲述了诸多宗教故事。老教堂的管风琴设计独特，并未采用依墙平铺形式而是围拢成圆柱，以利于小型唱诗班献唱时的和声集中。

荷兰的行政首都是海牙（Den Haag，英译为The Hague），抵达海牙火车站后，那对双塔钟楼给人很深印象并唤起游客对早期铁路发展史的美好回忆。时钟上清晰的罗马数字，又体现了时代的推移。步入站前广场更令人惊奇：有轨电车站台前设有精美的小型电子显示屏幕，均按4—5分钟的间距准确预告车辆的到站时刻。10多分钟的路程即可到达著名的和平宫（Vredespaleis），和平宫于1913年建成。第一次世界大战后是国际联盟的仲裁机构。第二次世界大战后成为联合国国际法庭的所在地。和平宫两座尖耸的高塔体现了荷兰建筑师对哥特式建筑的继承与创新。位于市中心的宾嫩霍夫（Binnenhof，意为“内庭院”，类似紫禁城），集中了13—17世纪的历史建筑，是欧洲经典建筑的荟萃，包括荷兰议会大厦、首相府、外交部等重要机构的办公大楼。海牙毗邻北海，于海滨浴场斯海弗宁恩（Scheveningen）可以饱览碧波万顷、景色迷人的海洋风光。金色沙滩的沙子颗粒均匀，日光浴温暖舒适，海水碧蓝清凉，为城市居民增添新的情趣。附近的库尔豪斯饭店（Amrath Kuarhaus）舒适华丽，其建筑的法国式孟莎屋顶别具一格。

在去海牙的途中曾经过大学城莱顿（Leiden），那里有荷兰最古老的莱顿大学，创立于1575年，国际闻名。从车站可以远望莱顿大学本部的著名建筑Academiegebouw。荷兰中小城市发达，并各具特色。其中，鹿特丹（Rotterdam）是世界的著名港口，她与中国的连云港是欧亚大陆桥的西、东两个重要桥头堡。马斯特里赫特（Maastricht）是1992年《马斯特里赫特条约》（简称《马约》）的签字地点。乌德勒支（Utrecht）是荷兰的宗教中心，类似于英国的坎特伯雷（Canterbury）。

在欧洲，凡是宗教中心都必定具有优良的音乐传统并形成相应的乐派。欧洲音乐界也承认荷兰存在尼德兰乐派Nelherland School，确切地说，它属于法兰西-佛兰芒乐派（Ecole frnco-flamande），即涵盖法国北部，比利时西、中部及荷兰南部地域的宗教音乐。今天，荷兰各地都有高水平的音乐厅，以满足公众的文化需求。1888年建立的阿姆斯特丹音乐会堂建筑形式极为古典，屋顶浮雕是音乐女神和天使，意寓唱响欢乐的颂歌。内部的全木质结构，使她一直保持最优良的音响效果。与这个音乐会堂同时诞生的阿姆斯特丹音乐会堂乐团已经跻身世界著名乐团行列，在欧洲可与柏林爱乐乐团（Berliner Philharmoniker）、维也纳爱乐乐团（Wiener Philharmoniker）两大乐团并肩媲美。在艺术领域，荷兰还有巴洛克时期的著名画家伦勃朗（Rembrandt，1609—1669）以及后印象派（post-impression）画家梵·高（van Gogh，1853—1890），他们都为荷兰的国家形象增光添彩。荷兰虽处低地，却在不断攀登世界巅峰。

爱 尔 兰

都 柏 林

前几年，爱尔兰首都都柏林市的市长曾在北京王府井亲自举办推介会，欢迎中国客人前往他们的国度观光，表示对先在不列颠着陆而后再去爱尔兰的中国公民实行免签，希望吸引更多客源。在办好赴英手续后，自己曾多次用电话和电子邮件询问爱尔兰驻华使馆，谨防万一，行前又将回函复印，以备通关时作为凭证。根据这项规定，全家便拟定了在英旅游途中飞越爱尔兰海西行抵达主岛的计划。

翡翠般的爱尔兰养育了娴雅亮丽的淑女，身着绿色上衣、短裙的爱尔兰航空公司的空姐亭亭玉立，彰显青春朝气。短暂飞行，殷勤服务，微笑话别。走出廊桥到达都柏林机场边检处，工作人员阅过“英签”后只问了一下逗留时间，便很快签字、盖章后放行（返回英国时就更加简单：我主动出示护照，值班员则摆手作答，表示无须出示），兑现了都柏林市长来华时的承诺。

我们乘出租进入市区。沿途苍穹沃野，田园诗意。由于在曼城居住于一家公寓式旅馆，尝到“甜头”，所以，通过网上预订，仍在都柏林选择了另一家同类型的名为“城市逗留”的宾馆下榻。它地处市中心又置身于居民住宅楼内，卧室舒适，厨房设施完备并有各种餐具。服务生担心我们走错，还亲自把我们领到具体房间。前厅备有市区地图，计算机台前整洁，便于客人上网。宾馆前台的女孩清秀，彬彬有礼，对外国客人还略显腼腆；她办事认真，介绍旅游线路并就我们所述的房间电视和席梦思床垫存在的问题立刻派人修复，始终保持微笑。

距宾馆不远，有一处英国起家的“乐购”超市，早晨六点便开始营业，副食、乳品及各类制成或半成食品应有尽有。健壮的爱尔兰姑娘熟练地烤制着各类面包，刚刚出炉的成品酥脆清香。异国烹饪别有风味：电磁炉上煎制香肠、鸡蛋，煤气灶上加热牛奶或熬制羹汤，伴以水果、蔬菜点缀。市内仓储商店出售廉价实用物品，利于对生活的精打细算。爱尔兰经济腾飞，国民殷实富足。大量加工产品运往英国等地，也有精制的药剂出口我国。市中心繁华热闹，小商店内物品琳琅满目，做工精巧。行人接踵擦肩，一派生机勃勃景象。街巷酒吧和咖啡厅里时常唱响民歌，也有吉他伴唱，充满音乐气息。

东西横亘的里菲河水如玉带横穿市区，潺潺流水清澈透明，多座造型各异的跨桥布设其间，将市内南北两区紧密相连。桥梁建造既有古典也有现代，为设计师提供创作空间。人们常常靠依河畔的垒石矮墙，远眺碧水佳境。城西为著名的凤凰公园，方圆 707 公顷，草坪青翠，古树成荫，空气清新，使游人流连忘返。市区交通略显拥挤，但总体井井有条。邮电总局、海关大楼、政府大厦、中央银行等标志性建筑雄伟壮丽，古典力作在建筑史上万古流芳。市中心的古城堡一派中世纪风貌，城垛、雉堞、箭楼、炮塔齐备，文物保护完好。如今，这里经常演奏德、奥作曲家的室内乐作品，让市民及游客常受熏陶。

爱尔兰人信奉天主教，街道上教堂比比皆是，许多大教堂都是建筑精品。其正面两侧设柱体，上有浮雕环绕，入门上有三叶形拱券，面门带有雕刻的四叶饰镶板。里面中厅设置肋拱，坚如磐石，侧厅辅佐相助，顶棚镀金雕花，天使栩栩如生。半圆形后殿正中设有祭台，并有枝蔓、棕叶、贝壳等精细装饰，体现崇高与神圣。基部墙体为片石结构，继承了当地早期民居的许多特色。高处安放的管风琴古色古香，我还把圣奥德恩教堂内那张管风琴拍下来作为自己新书的封底，为著作添色。

都柏林是多位文学巨匠的诞生地，有萧伯纳、威廉·巴特勒·叶芝、奥斯卡·王尔德、乔纳森·斯威夫特等，而且大都是诺贝尔文学奖得主。为此，联合国教科文组织于2010年7月27日授予都柏林“文学之城”的称号。

历史悠久的都柏林圣三一学院，专业齐全，治学严谨，在英语国家高校排行榜上名列前茅，可与牛津大学、剑桥大学齐名，甚至与哈佛大学、耶鲁大学争夺生源。学院图书馆内珍藏万卷古籍，拥有世界最古老的手稿《凯特尔经典》。该书记载了中世纪早期的人文和宗教领域的盛况，是一部全部采用拉丁文手写的巨著，吸引各国学者慕名前来翻阅。

在返程途中，自己仰望那面绿、白、橙三色的国旗和蓝色盾牌镶嵌银弦竖琴的国徽，思念爱尔兰的碧海、晴空、绿地以及音乐与歌声，忆起她给我们带来的《大河之舞》。地处西欧边陲上的这颗璀璨明珠让人回味无穷。

瑞　士

巴　塞　尔

瑞士第三大城市巴塞尔位于瑞、德、法三国交界处，畔以莱茵河流经的河曲，凹凸两岸形成都市雏形。独特的地理位置使她经济发达，工业先进，具备化工优势。其支柱产业制药业享誉全球，霍夫曼·罗氏和诺华两大制药公司的总部均在这里落户，在华也有分支机构。而且，证券交易活跃，具有举足轻重的金融地位，是国际清算银行的所在地。每年，各国央行巨头都要云集这里，决策影响世界的金融走向。作为钟表强国，每年春季城市展览中心都要举办名牌钟表和宝石展览，中国的“飞亚达”在此一展风采。

自己对巴塞尔的启蒙认知源自一场音乐会。2013 年 10 月 12 日，瑞士大提琴家阿尔伯特·罗曼教授来京演出，演绎了匈牙利音乐家柯达伊的曲目。按照惯例，绝大多数欧洲音乐家多喜爱演奏德、奥乐派的古典作品，而他却痴迷匈牙利乐曲。为此，演出结束后，我还专门走到台前向他询问。他说自己是从一位匈牙利老师那里学习的大提琴，曲目的选择是出于自己对老师的尊敬。席间，还谈到了柯达伊的音乐教育体系

(他与瑞士的达尔克罗茨、德国的奥尔夫的教育体系同被誉为世界三大著名音乐教育体系)。由于谈话投机，他还将一盘大提琴作品的CD送给我留作纪念。专辑录制了经他亲手培养的中国学生演奏的大提琴作品，这充分反映他对音乐教育的重视。专辑中还收录了一首他自己的独奏曲——中国作曲家罗忠镕的大提琴乐曲《对花》，倾注了他对中国的热爱。CD的封面是20名身着红色套装的中国青少年手持大提琴站在巴塞尔的莱茵河畔，森林、绿地的背景衬托了他们的朝气和未来。时过一年，他果真将这批乐手带回中国做汇报演出，其才艺惊人，预示后继有人。

聆听大提琴演奏使我增长见识，我了解到了“海归”青年大提琴家朱亦兵。1989年，他考取巴塞尔交响乐团并效力15年，一直担任首席，成为获取这一职位的最年轻的大提琴演奏家。之后，他回国执教并担任中央音乐学院大提琴教研室主任，曾在国宴上有过精彩表演。他具有四分之一的瑞士血统，外祖母为瑞士人。母亲王耀玲是中央音乐学院钢琴系教授，育人有方，桃李天下。她自20世纪50年代起就一直为我国的国际音乐交流尽力。而巴塞尔交响乐团又是瑞士的友好使者，先后三次来华访问演出。2015年正值两国建交65周年，乐团在中山公园音乐堂演出了多部经典作品，盛况空前。

上述对巴塞尔的一点感知，激发了自己对她的向往，于是我便利用游览卢塞恩后的余暇乘坐一个多小时的火车前往这里短暂停留。凑巧，进入巴塞尔市区又是从音乐开始：出车站前行，路标指示牌的德文倒是还能看懂“剧院”一词，意寓在市中心。于是，根据地图指示，沿伊丽莎白大街步行，远望到一座哥特式教堂的塔顶，那肯定是繁华区的所在，便加快步伐到达，发现教堂门前空地正好是歌剧院的屋顶，它巧妙地利用了歌剧院正门所在的施坦恩特大街与伊丽莎白大街的高差构建了剧院并以教堂为背景。置身于两条知名大街的交汇处，格外醒目。歌剧院建于1834年，1904年遭受火灾，1909年重新开业。1975年又按照现代设计改建，顶部采用了类似巴黎卢浮宫的地面玻璃罩，使得大厅采光充沛。这里经常上演歌剧和芭蕾舞，已经上演过维瓦尔第的经典作品《齐特拉琴》和莫扎特的歌剧《后宫诱逃》。伴奏主要由巴塞尔交响乐团担当，双方签订长期合同。巴塞尔交响乐团的驻地在不远处赤脚广场的“巴塞尔城市赌场音乐厅”，该厅建于1876年，拥有1500多个座位，它与维也纳金色大厅、荷兰阿姆斯特丹音乐厅并称为欧洲三大音乐厅。巴塞尔热爱音乐，其成绩也要归功于瑞士著名指挥家保罗·扎赫尔（1906—1999）。他于1926年创建巴塞尔室内乐团，1933年建立歌唱学校，以后执棒于苏黎世乐团，1954—1969年任巴塞尔音乐学院院长，享誉国际乐坛。

巴塞尔既是爱乐之城又是文化之都。街道上，各类博物馆随处可见，其专题展览涉及文化、历史、造纸与印刷术，以至人体解剖学、卡通以及犹太起源等，涉猎广泛。市区绿地与雕塑交错分布，行人温文尔雅。城西北处是具有500多年历史的巴塞尔大学，它的医学博物馆一直珍藏着中医、中药方面的文献和器皿。巴塞尔与上海已结为友好城市，华东师范大学在该校设有孔子学院，传播中华文化。巴塞尔具有欧洲最好的动物园并专门设立儿童动物园，幼儿很早就得以开阔视野。

巴塞尔曾在1516年发行希腊文新约圣经。1536年，加尔文的拉丁文宗教改革书籍也率先在这里发行。该市早在1300年就设立主教座堂，1035年地震遭受破坏，但经重建，至今古风犹存，成为瑞士的著名文化遗产。教堂双塔高耸入云，整体建造采用紫红色砂岩，庄严肃穆。耳堂的浮雕、壁画堪称艺术瑰宝，极为罕见。后院平台矗立于莱茵河凸岸高地之巅，蔚为壮观。游人可尽情凭栏远眺近邻德意志与法兰西的山川宅舍，共享多元文化共融的硕果。

卢 塞 恩

卢塞恩是瑞士的旅游胜地，地处罗伊斯河注入卢塞恩湖的河口之端，景色宜人，享誉世界并一直吸引着各国宾客慕名前往。由瑞士第一大城市苏黎世出发，大约一个多小时的火车路程即可抵达。根据地图，出车站就能非常容易地找到知名景点。贝多芬的《升 C 小调奏鸣曲》，又名《月光奏鸣曲》，曾被德国诗人路德维希·雷尔施塔布（Rellstab Ludwig，1799—1860）比喻为“犹如卢塞恩湖月光闪烁的湖面上摇荡的小舟一般”。旋律与湖水相伴，更让旅游者痴迷。因此，我与家人一出车站便急不可待地奔向湖畔的游艇售票处，迅速购票并很快登上游船，去一览湖光山色。乳白色的船只徐缓挺进，我们时而凭栏远眺，时而座椅小憩，温馨惬意。船上餐厅典雅，盥漱洁净，热情好客的厨师烹调美味，为水上增添情趣。晴空万里，鳟鱼遨游，尽享湖区的幽静。岭雀、蜂鸟展翅飞翔，苍鹰、斑鹫搏击长空，一派祥和景象。湖滨中，树木绿茵，灌丛茂密，鲜花芬芳，诗情画意。各式别墅营造精良，独具匠心，高雅舒适。湖面上，泛舟比楫，齐心共济，直奔向前。置身甲板，心旷神怡，这美好的景观，令人回味无穷。美景激荡乐感，山水谱写名曲。这里给音乐家以灵感：卢塞恩湖畔的特里布森（Tribschen）有德国作曲家威廉·理查德·瓦格纳（Wilhelm Richard Wagner，1813—1883）的故居，他曾在此居住六年并完成了《名歌手》《齐格飞》《诸神的黄昏》等歌剧作品。其故居为早期维多利亚式宅楼，建于高坡之上，几排窜天乔木矗立两旁。院内，阳光明媚，遮阳伞下摆放着茶几与靠背椅，周围花草点缀；房内，深黑色的三角钢琴古朴凝重，仿佛耳边依然回荡着作曲家抚琴的旋律。同时，卢塞恩湖也是文学创作的源泉，蜿蜒小路上留下了雨果、歌德和马克·吐温等作家的足迹。这里人杰地灵，卢塞恩湖区也是国际名流与好莱坞影星下榻、客居的胜地。海拔 1115 米的布尔根斯托科山（Burgenstock）屹立在湖泊中央，攀登山峰可鸟瞰湖泊全景。海拔 874 米一带主要是豪华别墅区与高档住宅区，卓别林、奥黛丽·赫本、阿登纳、吉米·卡特、基辛格、安南等名人在此均有私人别墅。各式洋房设计新颖、施工精良，堪称世界建筑精品荟萃。

走下游艇还会发现，卢塞恩更加注重公用建筑的建设以适应日益增长的旅游需求。在罗伊斯河口南岸的车站广场附近，建有文化与会议中心，方便接待各类国际活动或举办展览。该建筑为现代建筑风格，突出线条观感，且采光好，通透。运用大面积的玻璃预制构件，以利于机械吊装，提高施工速度。广场上，喷泉涌动，奔腾四射。阳光下，彩虹缤纷，蔚为壮观。趁此，可以背靠长椅，放松身心，尽情沐浴、享受。为提升接待能力，还更新改造了火车站。与此同时，注意保留近代风貌，将原有老车站入口处的立面妥善保护（采用类似澳门景点“大三巴”的方式，将历史悠久的原圣保罗教堂的前壁及其上面的精美浮雕永久保留并成为澳门旅游的亮点）。如今，流连于车站广场，依然能够抚今追昔，探求城市人文脉络的发展。

瑞士建国发轫于卢塞恩湖附近的几个邦州。这里，勇士辈出，可歌可泣。德国作家歌德、席勒和意大利作曲家罗西尼都曾讴歌这里的英雄人物威廉·退尔（William Tell）并留下传世之作。古城卢塞恩于 8 世纪建城，1178 年设市，1332 年加入瑞士联邦。如今，不少景点古风依然，蕴藏着深厚的文化底蕴。罗伊斯河口北岸是疆域防守的要冲，历尽沧桑。至今，仍然残存部分城垣并有九座城楼保存完好，各具特色。蔡图尔姆（Zeitturrm）城楼上建有1535年制造的大钟，见证了瑞士工匠的精湛手艺。城郭风雨沧桑，历史久远。过去繁华的老城客旅云集，店铺兴旺，行会、商社众多。现今老城街巷的地名中还保有不少历史记忆，如中世纪的鹿场驿站（Hirschenplatz）、战士出征时宣誓的维也纳市场（Weinmarkt）等。引人注目的市政厅建于1602—1606年，架构、设计秉承意大利文艺复兴时期的风格，气宇非凡：圆拱形门洞，坚实稳固；长方形拱窗，广采日光；陡坡屋顶设别致的老虎窗，脱俗大方；背面衬有高耸的钟楼，挺拔古朴。卢塞恩人很早便接受基督教信仰，河口南北两岸各建有古老教堂，遥相呼应，蔚为壮观。南岸的耶稣会教堂建于1666—1667年，白色墙壁衬嵌棕色条框，雄伟庄严。北岸的佛朗西斯双塔教堂始建于14世纪前半叶，装饰富丽堂皇。堂内天花板上附有圣徒佛朗西斯与天使飞舞的浮雕，极具艺术感染力。卢塞恩人崇尚古典，河口中心区水面上有建于1333年的34米高的八角形水塔，过去曾用于存放战利品和珍宝。河面跨有一座200米长的木质廊桥——卡贝拉大桥，这是欧洲乃至世界尚存的最为古老的木质廊桥，极其珍贵。主管部门已经把木质廊桥与水塔作为城市的标志并将它们放在旅游宣传品上，其创意颇有独到之处，对瑞士旅游业的兴旺发达功不可没。

捷　克

布　拉　格

“如歌的行板”是欧洲古典音乐中常用的板式，节奏缓慢、适中（大约每分钟66拍），如同漫步行走，旋律优美、舒畅。在国际乐坛，这一旋律的曲目甚至不标调性或作品编号，可以拿来直接称谓。此行捷克首都布拉格，晚饭后我和老伴携手漫步在美丽的伏尔塔瓦河畔，恰恰就是这种节奏。衬着晚霞，沐浴若华余晖，倍感松弛、休闲，分外惬意。聆听潺潺流水，眺望泛舟舢舻，哼鸣乐曲，充满诗意。此刻，联想起捷克民族音乐奠基人斯美塔那（1824—1884）的交响诗套曲《我的祖国》，回味其中的第二曲《伏尔塔瓦河》和第四曲《波西米亚的原野与丛林》，更加愉悦动情。布拉格老城，城堡巍然，石桥屹立，罗马式穹窿天际云平，哥特式尖顶刺破晴空，街巷纵横，卵石铺地，楼宇别致，伴随有轨电车的低声轰鸣，共同奏响“百塔之城”的古老辉煌与青春活力。

多情的布拉格始终在歌唱。毗邻河岸，深棕色的国家剧院凝重辉煌，宽敞的舞台前悬挂丝绒帷幕，舒适的座席、包厢如马蹄状环形围绕。富丽堂皇的音乐厅里经常唱响女高音的咏叹调：斯美塔那的《被出卖的新嫁娘》和德沃夏克（1841—1904）的《水仙女》，发声通透、韵律流畅。文艺复兴风格的鲁道夫音乐厅是捷克爱乐乐团的驻地。那里男高音的《柳德米拉》与《吉卜赛之歌》气出丹田，铿锵阳刚。艾斯特剧院入口的两个科林斯式柱体彼此对称鼎立，三角形山墙上的浮雕雕刻精细。从那里传出《摩拉维亚的二重唱》，两个声部彼此呼应，金声玉振。钱学森先生的夫人、声乐教育家蒋英教授喜爱这类歌曲，她在中央音乐学院任教期间还将其专门编入《德沃夏克歌曲选》出版，让国人传唱。捷克热爱歌唱，打开布拉格市区地图，剧场、音乐厅星罗棋布。同时，这里还拥有世界上为数不多的音乐家博物馆和乐器博物馆。布拉格音乐艺术普及、繁荣并注重剧场建设，使城市融入音乐之中。

布拉格的音乐源自该国深厚的文化底蕴。捷克古称波西米亚，文化深厚，古迹很多而且保存完好。仅 7.8 万平方千米的国土就拥有 12 处世界文化遗产。伏尔塔瓦河西岸的城堡建于高丘之上，巍然挺立，几层墙垣，布局紧密。宫殿、广场、教堂、庭院的功能齐全，实用宜居。外围墙体坚如磐石，外观贴近自然。主体拱形大门立面雄伟，浮雕精致，两侧门洞造型匀称。墙内建筑采用圆锥式屋顶，其多扇窗户可供瞭望。至高之处是权力的象征。皇宫富丽堂皇，大理石建造的柱体，采用毛莨叶与涡卷形装饰，周围花园卉草争艳，池塘碧水，喷泉涌溢。另辟习武与马术场馆，回首骑士风韵。城内设美术馆与国家画廊，珍藏稀异。精巧楼宇，豪华府邸，复折屋顶，玫瑰花窗，阁楼凌空而设，尖塔簇拥攒聚，外墙束带、条槽，建筑美轮美奂。加之，总统府与各国使馆将它作为首选之地，又为城堡锦上添花。右岸为布拉格老城，古老市政厅安装有天文大钟，视民族命运和宇宙行星同在；生息繁衍，永续万千。市徽标志意寓“久长”，城郭旌旗，坚不可摧。亚平宁风格的火药塔高耸屹立，上有矩形方窗，壁龛雕塑，英雄人物，栩栩如生；圆形拱形，门道宽敞，上端陡坡尖顶，虎窗观望。建于 15 世纪的查理大学主校区，各种精美式窗恪守中世纪的遗风，彰显巴洛克的时代风范。另一个学院图书馆内珍藏中世纪的手抄文献 5000 余册，许多学者慕名前来查阅。

合唱集中体现在清唱剧中，德沃夏克的《圣母悼歌》《安魂曲》和声完美，动人心弦。歌声穿越伏尔塔瓦河上的查理大桥，雄伟的桥体彰显着于 1346 年登基的查理四世国王规划、建设古城的功绩。

布拉格是歌咏的圣地，热爱歌唱的莫扎特曾四次到此施展才华，他的歌剧《费加罗婚礼》在这里首演，他还为布拉格专门创作了《唐璜》和《第三十八交响曲》(布拉格)。交响曲第二乐章“行板”则源自他在故居伯特拉姆卡别墅的感悟。同样，捷克出生的犹太裔音乐家马勒的很多声乐套曲也散发着故乡波西米亚的味道。当今，每年的“布拉格之春”音乐节还要召唤国际乐坛更多的大师前来献艺。

自己不会作曲，但我愿意为“如歌的行板”增添一段“序曲”：建议旅游者由联邦德国的古城德累斯顿出发，乘坐火车，沿着风景如画的易北河谷[①]这一著名的世界文化遗产东行，穿越原来的捷克“苏台德”地区，抵达世界文化遗产圣地布拉格，让这两项遗产“和声、共鸣”，使人陶醉其中，渐入佳境。

---

① 德累斯顿易北河谷，是文化地理景观的名称，包含了文化与自然地景。2004 年 7 月由联合国教科文组织指定为世界文化遗产，2009 年 6 月因新建工程破坏景观而被除名。

英　国

英国旅行

随着年迈与生活节奏趋缓，愈感不适应旅行团的大部队出行，特别是老伴的腿脚不便和某些强制性购物的陋习，迫使自己考虑休闲式的自由行。因此，做好行程计划和各项准备便成为确保旅途顺利的关键。可谓“一月旅游，两月备战”，这次飞跃多佛尔海峡前往西欧两个岛国观光，正好是尝试旅游策划的一次良机。

要获取英国个人旅行签证，首先应当完成在线申请，熟悉其系统软件，适应人机对话，还要为全家三口完成每人 6 页纸张各 56 个问题的书面陈述。目前，英签虽有所改进，但比起“申根”仍显烦琐，最终完成形同经历一场“高考”。预约、报送、领取的全过程，没有看到任何一个英国人，不像美国使馆那样“如临大敌”。尽管拿到英国签证艰难，但获取通行便给予半年期限和多次入境不看护照的待遇。爱尔兰政府为吸引中国游客也遵从这一程序，对持有英国签证并已进入不列颠的中国公民实行免签，旅行自由。

筹划旅游线路可以是几个城市的单线串联，也可以是以一座城市为基点向外辐射。此次，抵达希斯罗机场后并不急于入住伦敦，而是先去比邻机场的温莎城堡，参观英国王室的行宫和著名的伊顿公学。然后，西行前往英国唯一的世界文化遗产小城巴斯，游览古罗马时期的城池，顺便到达移民新大陆的起点布里斯托尔。

伦敦的住宿安排在西区旅店较多的海德公园附近，空气新鲜也利于晨练。市内活动则首先购买公交“牡蛎卡”，方便出行，公共汽车、地铁均可使用。使用该卡还能享受优惠的船票。沿泰晤士河顺流而下到达格林威治，一览本初子午线的起点和东西半球的分界。南下到达伦敦后院的海滨旅游城市布莱顿，纵情于海浪沙滩。东行前往中世纪英国宗教文化中心坎特伯雷，了解国教圣公会。其他城市可购买“日票”，全天内随意乘坐市区公共汽车，游览市容，参观景点。更要适应与中国完全相反的车流方向，严格使用行人过路专用按钮，等待绿灯，安全出行。提前购买预售火车票，找寻最便宜的价格时段，避开高峰和周末出行。北上苏格兰高地，观赏高寒草甸，这是欧洲的一块清新净土。奔往首府爱丁堡，聆听身着花格裙的英俊少年演奏美妙风笛。专访那里的医学院，缅怀150年前来到北京缸瓦市堂传播福音并影响老舍先生文学创作的该校优秀毕业生。重点参观治学严谨、名人辈出的牛津大学、剑桥大学。校园溪水舢板，教堂晚祷咏唱，追溯世界学院制高等教育的源头。前往古城约克，从曼彻斯特出发北进，观赏湖区国家公园，分享湖光山色，泛舟碧水蓝天。利用半日游，参观公派留学生就读的考文垂大学和二战期间被德军疯狂轰炸的大教堂遗址，重温英国著名作曲家布雷顿为其再建新教堂而创作的《战争安魂曲》，还可南行到达莎士比亚的故乡斯特拉特福。

在全英第二空港曼彻斯特直飞爱尔兰的都柏林，在以竖琴作国徽的国度，于翡翠般绿色原野，松弛歌唱。同时，西行接触未被二战破坏的土地，参观中世纪遗留的古老城堡。

英国家庭住宅式旅馆住宿条件很好，其中的“双 B”与“宾客之家”两种类型均很舒适。由于老伴的腿脚不便，必须选择配备电梯的宾馆，所以我们的住宿费用要比其他家庭有所超支。另外，公寓式宾馆可以提供卧室套间及厨房餐具，便于自己采购食材掌厨烹饪，别有一番异乡情趣。今后，我要向同事推荐曼彻斯特的“蓝色彩虹”和都柏林的“城市逗留”两家公寓式旅馆，价格合理，服务到位。

还要改变以往偏重高校和古建筑的观光模式，适当考虑眷属喜好，合理安排，挤出去超市、逛商场的时间。周六猎奇跳蚤市场，购买实用廉价商品。发现“特克斯”和“圣塞瑞”等知名超市，购买刚刚烘烤出炉的新鲜面包和价格低廉的优质乳品。改变饮食习惯，熟悉英式快餐的“即刻就食”，在中餐相对较少的小城市要适应意、法菜肴对英国菜的影响，培养更为广谱的膳食口味，晚饭可选购简易包装的盒饭带回宾馆就餐。

宾馆投币式上网价格较贵，临时找寻网吧又有所不便。在此，我要特别感谢伯明翰市中心图书馆的工作人员，他们热情为我办理阅览证，使我可以以读者身份免费上网，解决途中预订宾馆的困难。

德　国

认识德国

当今，我国正在推进“丝绸之路经济带”的国际合作，这一设想延续了历史上由汉代张骞、班超开拓的嘉峪关—西域通道并向欧洲进一步延伸。“丝绸之路”的概念，则是1877年由德国地理学家斐迪南·冯·李希霍芬（Ferdinand von Richthofen，1833—1905）率先提出的。这也是他对东亚进行多次自然考察后的结果。德国学者注重地学研究，关注洲际间的宏观地缘经济。德国另一位著名科学家亚历山大·冯·洪堡（Alexander von Humboldt，1769—1859）对南美洲考察并为拉丁美洲发展做出了巨大贡献。因其成绩卓著，1860年德国政府还专门设立洪堡基金，用以资助各国优秀的科研人才，促进国际学术交流。在经济地理领域，德国学者阿尔弗雷德·韦伯（Alfred Weber，1868—1958）是近代工业区位理论的奠基人并于1909年出版著作《区位原论》（*Reine Theoriedes Standorts*）。在他之前，还有德国经济学家约翰·海因利希·冯·屠能（Johann He inrich von Thünen）研究过农业区位问题并出版名著《孤立国》。德意志对地理科学的重视使得全德境内城市发展均衡，布局匀称，无特大都市，杜绝了城市规划的无序与发展的畸形。

按照均衡和持续原则，既可消除差异又能实现共赢。德国政府尽量减轻首都柏林的负荷并将许多附属功能转移到其他城市，注重地区间的协调发展。与此同时，抵离德国的主要空港不在首都而在法兰克福。二战以后，东、西两德分治，截然不同的体制形成不同的经济实体。由于驻德美军与盟国的需求，法兰克福迅速发展并成为交通、金融和经济中心。目前，法兰克福机场已经和伦敦希斯罗机场、巴黎戴高乐机场并列成为通往欧洲的三大国际空中枢纽。另外，这里还有著名的国际书展，彰显了法兰克福的文化内涵。从机场出发周游德国，可以领略汉堡的开放、莱比锡的书香、慕尼黑举办过奥运会的实力以及其宝马汽车总部的威武。途中，陶醉于香气诱人的科隆，漫步花园城市汉诺威，感受波恩的宁静、德累斯顿的古朴，陶醉于古城魏玛并寻找歌德、席勒的足迹。一览鲁尔老工业基地更新改造后所焕发的生机活力。

走进柏林会感受到日耳曼民族的坚强：德国统一较晚并于 1871 年建国，但她特别注意学习欧洲传统建筑艺术，青睐古希腊文艺复兴风格。普鲁士国王经过七年战争（1756—1763）后实现国家统一，为振奋民族精神，于 1788—1791 年建立勃兰登堡门，作为胜利兴旺的标志。它以雅典卫城为模本，遵循希腊建筑立面的柱式结构，采用六根廊柱和双排多立克式设计。同时将普通的过道改为避难所并使柱础更加精致。而且，还把顶部惯用的三角形山墙筑为罗马式平顶女儿墙，其上雕塑为四马两轮战车，向前疾驶；车上站立胜利女神，右手高举金属十字架，勇往直前。1873 年揭幕的胜利纪念碑，耸立在中心要冲，巨大的石柱体现了德意志的坚不可摧。城西北的皇室宫殿夏洛特宫，罗马式的圆顶尊荣华贵，正方形庭院内立有帝侯骑马塑像，威武雄壮。宫廷花园漂亮气派，皇家陵墓，庄严肃穆。距离首都西南 27 千米的陪都波茨坦，宫殿豪华，园林别致。这里的采琪莲霍夫宫曾诞生过具有重大意义的《波茨坦公告》，公告中重申了中国对台湾的主权。陂麓之上，还有著名的桑苏西宫（又译为无忧宫），其顶穹、窗券装饰华美，施工精湛，富丽堂皇，蔚为壮观。王室私人花园内草坪绒绿，花卉绽放，雕塑栩栩如生，堪与法兰西的凡尔赛宫并肩媲美。

然而，德国必须对罪恶的侵略付出代价并从中吸取教训，更要花费精力医治创伤。因此，修复与重建是德国城市的一大特色。除了对名胜古迹实行修复外，20 世纪 50 年代末至 60 年代初又在遭受严重破坏的柏林德皇威廉纪念教堂旁另建一座平顶八面体的新教堂。同时，注意保护原有教堂残体，以便警醒公众反思历史、避免悲剧重演。在同一时期内，曾被德军炸毁的英国考文垂大教堂旁也保留原有、另建新堂，警示国民牢记法西斯的罪行，使欧洲铭记历史。

全德境内教堂众多。其中，著名的科隆大教堂是重要的世界文化遗产。神圣的建筑东西横亘，横跨于莱茵河上雄伟的霍亨索伦桥（Hohenzollernbrücke）的西端，如醒狮威震。在欧洲，它与罗马圣彼得大教堂、巴黎圣母院并称为西方三大宗教建筑。作为中世纪哥特式建筑的艺术典范，科隆大教堂从奠基至竣工，历经沧桑，工期漫长，整整穿越了七个世纪而最终建成。其一直是基督教信徒朝拜的圣地。两个高度 157 米的尖塔直冲云间，如同信徒祈祷时伸直的双臂，仰望神明，壮丽辉煌。周围众多小塔环抱，似众星捧月，如梦如幻。科隆大教堂的周围还有圣马丁、圣米希尔等几座教堂和博物馆，在科隆市中心形成一组使旅游者流连忘返的精品建筑群。另外，慕尼黑的双塔教堂也是城市的标志，其主体建筑坐落在市中心的圣母广场，市内其他建筑均不得超越教堂圆顶，使置身市区各个角落都望得到她的神威。双塔教堂于 1468 年动工，1494 年落成，1525 年最终完成塔楼。现在，备有电梯直达顶端，可以极目远望南侧阿尔卑斯山峦的美丽奇观。

德国人热爱生活并重视生态保护。城乡各地绿草如茵，公园、湖泊、湿地、自然保护区相间分布，人与自然和谐共融。居民建筑色彩鲜艳，住宅窗前、阳台鲜花绽放，林荫路上松鼠出没，橡树干上啄木鸟辛勤耕作，枝叶上飞鸟歌唱，似仙境梦乡。汽车驾驶文明礼让，行人举止文雅。德国西南部巴登-符腾堡州茂密的森林涵养欧洲多瑙河的源头。由美因茨到科隆（严格地说由宾根至科布伦茨）之间的莱茵河上中游一段被文学家们誉为“上帝赐福之地”和“大自然的乐土”。其因优美的景色已被纳入世界自然文化遗产名录。河谷两岸树木成荫，谷底、陂麓葡萄树藤延蔓布，紫红色的丽珠芬芳诱人；村庄整洁，教堂林立，修道院和古城遗迹比比皆是，沿途 60 多座古城堡风采依旧，高踞峭壁或镇守山脊。许多遗迹现已翻新维护或改为旅店、餐馆，打造旅游热点。丰收的葡萄孕育着香甜美酒。下游酿酒之乡德诺赛尔所在的吕德斯海姆（Rudesheim）地处莱茵区中心，亦称葡萄酒区，年产葡萄酒 2700 万瓶。酿酒作坊和古老酒窖正在欢迎八方宾客。

德国人酷爱音乐，这里是世界著名作曲家的故乡。著名的音乐三巨人巴赫、贝多芬、勃拉姆斯是德意志的骄傲并代表了音乐史上的三个阶段。巴赫与亨德尔奠定了巴洛克音乐的基础。贝多芬与奥地利作曲家海顿、莫扎特共同创造了古典时期的音乐辉煌。贝多芬的《第九交响曲》的最后一个乐章加入了大型合唱，合唱部分以德国诗人席勒的《欢乐颂》为歌词而谱曲并已成为欧盟的盟歌。国际上都把巴赫的《平均律钢琴曲集》J. S. Bach，Das Wohltemperierte Klavier 和贝多芬的 32 首钢琴奏鸣曲称为音乐史上的“旧约”和“新约”。勃拉姆斯则与舒曼等谱写了浪漫主义音乐的辉煌。德意志有享誉世界的柏林爱乐乐团和巴伐利亚交响乐团。国内有宫殿般的柏林国家歌剧院和历史悠久的莱比锡布商大厦音乐厅。民众热爱音乐并举办柏林森林音乐会，在西郊的“瓦尔德尼森林剧场”（Berliner Philharmonikerinder Waldbuhne）露天享受乐曲的魅力。鲁尔区的旧厂房和其他地方的旧教堂也被改为音乐厅，旨在提高国民素质。在贝多芬的故乡波恩，就连出租车司机都在播放古典音乐。德国重视音乐出版，有骑熊人、朔特、彼得斯等著名音乐出版社，亨勒出版社还专门来京展出了早年的木板印刷乐谱。我国著名教育家蔡元培、肖友梅都受益于德国的音乐教育，回国后推动了近代中国的音乐事业。德国拥有世界一流的音乐教育体系，儿童很早就在家庭、校园和唱诗班中接受熏陶。闻名遐迩的柏林艺术大学，其校史可以追溯到1696年，桃李满天下，堪称艺术家的摇篮。2014年3月，习近平主席夫人彭丽媛专门到访了这所高等学府，观看了学生们的精彩演出，表达了不断加强中德音乐交流的美好愿望。2014年10月的北京国际音乐节，莱比锡歌剧院演出了德国歌剧大师理查德·施特劳斯（Richard Strauss）的独幕歌剧《阿里阿德涅在拿索斯岛》（Ariadne auf Naxos）和另外一部作品《艾莱克特拉》（Elektra）。独唱演员连续一两个小时不间断的歌唱，充分显示了德国声乐科学的发声方法和演员的深厚功底。

德国人客观、公正，一直对中国抱有好感。在20世纪50年代西方国家对我国实行“禁运”期间，它仍然坚持对华贸易，早年的天津港码头上以德国的到港船只最多。德国领导人正视历史，一再反省二战期间的法西斯罪行：1970年，德国总理勃兰特在波兰首都华沙的犹太人纪念碑前跪倒思痛；1985年，德国总统魏茨泽克承认“无视过去就看不到现在”；2015年，默克尔总理访问日本时说“二战后德国能够幸运地被国际社会再度接受，是因为德国彻底与过去诀别”。一展政治家风范。

德意志也面临新挑战。2010年7月24日，德国鲁尔区杜伊斯堡市举行“爱的大游行”电子音乐节，由于组织不力而酿成突如其来的踩踏事件，21 人死亡，510 多人受伤。2015 年 3 月 25 日，德国之翼（German wings）航空公司副驾驶员安德烈亚斯·卢比茨（Andreas Lubitz），由于严重的心理障碍导致了震惊世界的空难。失事飞机坠毁于法国南部 Seyne-les-Alpes，造成 150 人死亡。前些年笔者购买的由德国出版的原版乐谱竟连续缺页达十张之多，多次联系、反映，结果仍是彼此推诿，不负责任。因此，呼唤德意志的传统精神也当势在必行。

波茨坦会址

2015年9月8日，携老伴、女儿到访柏林，返程航班恰逢傍晚才起飞，正好利用白天带她们去远郊的波茨坦观光。尽管她们是首次到访柏林，但考虑正逢第二次世界大战胜利70周年，所以要首先参观具有历史意义的波茨坦会议旧址。它位于地区最北端的塞西莉亚宫，去那里略显困难。出国前也曾搜集资料，但只有汉语译名和简略介绍。幸好能在柏林找到德文版地图，抵达后就能按图索骥。波茨坦位于柏林以西20千米，是勃兰登堡州的州府。柏林旅游部门回函告知，由柏林市区乘坐S7城际快车抵达最为便捷。由于乘车要到车站二层的第三站台，考虑老伴的腿脚，出行前的晚上，还特意跑到附近的火车站考察，预先看好升降电梯的位置，以免次日乘车时手忙脚乱。由于购票必须使用有德文提示的自动售票机，便请了一位热情的铁路女职员前来帮忙，购好往返车票，准备充分。当天清晨，我们起得很早，由于向往心切，便没等S7到达就立刻登上停靠在那里的一列RE车，经与乘客反复核实，最终还是顺利抵达波茨坦车站。

车站附近有695路汽车可以直达著名的无忧宫，而前往塞西莉亚宫则必须先乘其他线路后，再从艾伯特大街（EbertStr）的美术陈列馆前Wilhelm Galerie改换603路汽车方可到达。虽有热心市民给予指点，但仍然出现差错，只好再走回头路重新摸索。由于位置偏远，该路汽车每

20分钟发车一趟，几经周折，最终到达了目的地。

清晨的柏林西郊空气新鲜，万里晴空，秋高气爽。按着附近示意图的标记，最终找到旧址的那栋标志性建筑。这里，远离市中心，工作人员10点才来上班，正好可以利用这段空闲时光，慢慢品味这里。波茨坦低丘广布，密布许多冰川消融后形成的湖泊，是帝王建造皇家园林的心怡佳地。普鲁士王朝于1787—1793年就在圣湖（Heiliger See）西侧修建新公园（Neuer Garten），并在它的南侧建造了一座大理石宫殿，建筑风格为新古典式。1914—1917年，国王弗雷德里克·威廉二世为其长子在圣湖的西北角建造了塞西莉亚宫并以儿媳的名字塞西莉亚（Cecilien）命名。构思源自英国的自然景观，为英国都铎王朝时期（Tudor Dynasty，1485—1603）的典型半木半砖结构。宫内建有5个院落和175间房屋，豪华舒适。它也是普鲁士王朝兴建的最后一座宫殿。圣湖湖长1330米，宽3000米，湖面宽阔，碧波荡漾。隔堤岸与Jungfern See湖紧靠，北侧又有Sacrower See和Gross Glienicker See湖与之贯通，东侧与Tiefer See和Griebnitz See湖彼此相望，东岸还有Babelsberg公园和Glienicke公园，凸显皇家园林的气派。

第二次世界大战期间的波茨坦会议是美、英、苏三国首脑（杜鲁门、丘吉尔、斯大林）继开罗会议、雅尔塔会议之后的第三次会晤，时间为1945年7月7日至8月2日。除讨论德国问题外，还讨论了对日作战事宜并发表了《波茨坦公告》。中国虽未参加讨论，但事前征得了中国政府同意，故以美、英、中三国共同宣言的形式公布。同年8月8日苏联出兵我国东北对日作战后，也宣布承认《波茨坦公告》，因而该公告成为四国对日本军国主义的共同宣言。公告促令“日本政府立即宣布所有武装部队无条件投降”。公告强调《开罗宣言》条款必须实施：日本所窃取的中国东北及中国台湾领土必须归还中国。日本主权仅限于本州、北海道、九州、四国以及由盟国所决定的其他岛屿范围之内。日本军队必须完全解除武装，永远消除日本军国主义，战犯交付审判，盟国对日本实行占领，消除日本实行民主的一切障碍，不准日本保有可供重新武装的军事工业。

波茨坦会议主要由苏联发起。当时，由于战争已使柏林全城满目疮痍，败瓦颓垣，因此，便将会址选在郊外的波茨坦，史学界仍然称为“柏林会议”。出于安保考虑，各代表团都先被安排在波茨坦中心区东南的德国电影城巴贝尔斯贝格（Babelsberg）。为使会议顺利召开，苏联士兵奋力修通道路，搭建浮桥，使这里与塞西莉亚宫之间沟通顺畅。同时，整理出宫内的30多间房屋，栽植乔、灌木并在院子中央布设花坛，按照苏联传统，设计为红色天竺葵组成的五角星图案映衬绿色草坪，清新夺目。会议期间，塞西莉亚宫内的房间做了如下分配：白色套房由苏联代表团使用并作为接待大厅。会议的第一天，这里还由苏方提供了自助餐。写字间也由苏联代表团使用并作为会议大厅，所需的巨大圆形会议桌，则专门由莫斯科的家具厂制造运抵。宫内原有的吸烟和休息室供美国代表团使用，宫内的图书馆由英国代表团使用。宫内的餐厅作为会议秘书处。

目前，波茨坦会议旧址已与柏林的其他古迹一起被列入世界文化遗产名录。2013年5月到访德国的李克强总理专程来到此地，参观会议厅，浏览所陈列着的相关实物和照片以及《波茨坦公告》和《开罗宣言》的珍藏版复印件。参观结束后，他冒着小雨站在院内对在场的记者发表讲话说：“波茨坦会议旧址对世界和中国都是一个具有历史意义的地方。宣言和公告是用几千万生命换来的胜利果实，决不允许破坏与否认。”总理的讲话代表了热爱和平的人们的心声，警醒后人，也提醒人们要铭记历史，这样才能更好地面向未来。

莱 比 锡

离开巴黎后拟去参观马丁·路德开始宗教改革的地方——路德城维滕贝格（Lutherstadt Wittenberg）。权衡出行方案，还是选择到莱比锡中转停留并顺访德国东部这座历史文化名城。网上预订宾馆，恰好在“每日”连锁旅店中找到一处家庭套房，使得逗留期间住得非常舒适。

对莱比锡的了解还是从乐谱开始。著名的彼得斯音乐出版社，由德国人 C. F. 彼得斯（Carl Friedrich Peeters，1779—1827）1814 年创建于莱比锡。当时只是一个音乐营业所，曾出版韦伯等人的作品并首次出版 J. S. 巴赫与海顿的作品。经过多年发展及联合经营后日渐兴旺，1867 年开始采用机器印刷乐谱（传统的五线谱最初为木版雕刻印刷）并定名为“彼得斯版”（Edition Peters），它成为老乐谱上常见的标志。此后，又相继出版格里格、瓦格纳、勃拉姆斯、施特劳斯、沃尔夫及马勒的作品。1950 年后，它在法兰克福设立总部并在伦敦和纽约设分支机构，成为国际音乐出版界的知名厂商。

我们首先前往圣托马斯教堂参观。教堂始建于 13 世纪，后于二战期间被摧毁，以后重建。教堂融合了罗马、哥特与巴洛克等不同时期的风格，无愧为欧洲建筑的力作之一，也是吸引大批音乐爱好者和旅游者前来朝觐和观光的著名景点。正逢周五傍晚，赶上唱诗班的孩子前往这座圣殿做音乐会的彩排，有幸与他们一起步入教堂，欣赏他们的便装预演，身临其境聆听欧洲童声合唱的天籁之音。我们很幸运，就连他们的家长和许多早来的德国观众也在正式演出前被拒之门外。巴赫被誉为“古典音乐之父”，他与亨德尔等一起创造了巴洛克时期音乐的巅峰。巴赫在这里完成了《马太受难曲》《哥德堡变奏曲》《赋格的艺术》等经典音乐作品。与此同时，他还在教堂负责管风琴演奏工作。此后，在浪漫主义音乐时期，门德尔松又继承、发扬了巴赫的音乐，在莱比锡举行了《马太受难曲》的首演，使该曲名扬天下。巴赫在莱比锡开设了第一所合唱学校并担任总监，他在莱比锡的 22 年音乐生涯是其事业的巅峰。他创作了大量的康塔塔（Cantata），是一种包括合唱、重唱与独唱的声乐套曲，亦是一种小型清唱剧。他为马丁·路德译成德文的圣经诗篇谱曲，成为深受当地群众喜爱的合唱曲目。

莱比锡是音乐之都，古老的布业大厅（Gewandhaus，音译为“格万特豪斯”）即莱比锡音乐厅，1743 年是当地麻布商的贸易大楼，1780 年改建为音乐厅。该音乐厅为木质结构，音响效果很好，约能容纳 400 人。1781 年揭幕，1789 年莫扎特在此举办过作品音乐会，1885 年作曲家舒曼的夫人克拉拉·维克（Clara Wieck，1819—1896）在这里举行了最后一场音乐会。此后，又有新厅落成。大厅 1700 个座位，小厅 640 个座位，1943 年因二战被炸毁，1977 年开始重建，1981 年建成，称为“新布业大厅”。和它毗邻的是莱比锡歌剧院的演出大厦，供歌剧院、芭蕾舞团使用。歌剧院有 300 多年的历史并于 2014 年来华参加北京国际音乐节，为中国观众献上了德国作曲家、指挥家、晚期浪漫主义音乐的杰出代表理查德·施特劳斯（Richard Strauss，1864—1949）的两部独幕歌剧《阿里阿德涅在拿索斯岛》和《艾莱克特拉》，一展德意志歌剧的风采。

莱比锡也一定程度上影响了中国近代音乐。肖友梅是我国近代音乐史上首屈一指的人物，1909 年他从东京帝国大学毕业，回国后，于 1912 年出任孙中山先生的总统府秘书员，同年 10 月被教育部派往德国公费留学，成为我国音乐界中“近采日本，远法德国”的第一人。1913 年起在莱比锡音乐学院和莱比锡大学学习，1919 年获得博士学位。他为《卿云歌》谱曲，歌词取自《尚书·虞舜篇》中的“日月光华，旦复旦兮”，意为“日月光华，自强不息”。该歌曲成为民国时期的国歌。

肖友梅就读的莱比锡大学历史悠久，从这里走出的著名校友有莱布尼兹、歌德、尼采等。我国的一批上了年纪的老专家在留学民主德国期间也都先在这里学习德语，之后再开始各自专业的学习。

莱比锡的著名建筑有旧市政厅大楼、尼古拉大教堂和拥有 26 个站台的宏伟火车站。当然，受苏联占领的影响，她还有许多落后的痕迹：一些老旧楼房尚未修葺，高雅的音乐厅外还有类似于苏联集体农庄时期的拖车和菜摊，英语还不普及，等等。当然，也能看到引进的 NOVETEL 大饭店和随处可见的星巴克咖啡。莱比锡必将恢复元气迎接未来。

芬　兰

夏末初秋，碧蓝的波罗的海微波荡漾，平静如画。傍晚，由瑞典开往芬兰的豪华游轮缓缓挺进，静享多彩夜色。午夜，船靠奥兰群岛补给、间歇，此岛真是两国海域间一块难得的休闲地。靠近芬兰海岸沿线，群岛密布，岛上植被葱郁，各式别墅、灯塔点缀其间，宛如颗颗翡翠，播撒于国土外缘。北欧的冰川地貌造就了斯堪的那维亚海岸的曲折、破碎，古老而巨大的冰川侵蚀使芬兰拥有“千湖之国”之称。时逢日出，景色就更加迷人。芬兰以其美丽动人的魅力迎接远道宾客，下船便到达芬兰古都图尔库（Turku）。

图尔库古城宜人，距海港不远的古城堡 Turku Castle，始建于 12 世纪 80 年代，历史悠久。车行不远，到达建于中世纪的图尔库大教堂（Turku Cathedral），其塔尖直立挺拔，仿佛直指天庭，给人威严肃目之感。据悉，1979 年，图尔库建城 750 周年的庆典就在这里举行，总统亲临，盛况空前。1980 年，教堂内配备了由本国厂家 Veikko Virtanen Ltd 制造的管风琴。该管风琴有 81 个音管，做工精良，使堂内的音乐得到更好的展现。

告别古都，继续东行。在进入首都赫尔辛基市中心之前，正好路经由芬兰作曲家让西贝柳斯（Jean Sibelius，1865—1957）命名的公园。园区呈开放式，没有围墙。园中设作曲家的雕像。在艺术手法上，雕塑家并没有采用表现人物伟大身躯的全身像，而是仅仅突出作曲家头部与面部表情，集中刻画作曲家的思考、创作的状态。雕塑大约与游人肩膀同高，如同作曲家躬身和大家促膝谈心。雕像周围没有围栏，游人任意驻足观赏，休闲散步。西贝柳斯以交响诗《芬兰颂》享誉世界，并以这首深沉而雄壮的乐曲，为芬兰这样一个小国在世界乐坛上争得一席之地，让世界听到芬兰的声音。在作曲家雕像近旁，是一组管风琴的金属雕塑。管风琴雕塑没有采用教堂里那种平铺于墙壁上的做法，而是将许多风管聚集在一起呈现。游人仰望这组雄伟的管风琴，宛如聆听来自天籁的福音。

赫尔辛基的重要景点位于市中心的白色大教堂和前广场，与其毗邻的是赫尔辛基大学和图书馆。在距白色大教堂不远处便是一座绛红色的、具有俄罗斯建筑风格的东正教堂乌斯别斯基教堂（Uspensky Cathedral）。适逢假日，恰好在两座教堂巧遇两个不同教派的盛大婚礼。当然，对于前者比较熟悉，而参观后者的东正教婚礼当属首次，因而倍感兴奋。我和家人用了大约一个小时的时间观看了婚礼的主要过程（据说，东正教对终身大事非常严肃，婚礼过程要长达两个小时）。主婚牧师郑重地向两位新人讲述《圣经》中有关婚姻的重点章节，而且诵读经文时都使用宣叙调。现场，牧师手持小型十字架不断地在新婚夫妇周围晃动，祝福他们百年好合。牧师主持，新人应答，誓言忠诚，金银为约。婚礼庄重、严肃。席间，唱诗班为之歌咏，和声完美，指挥干练，美好之音充满圣殿苍穹。礼毕，牧师在教会印制精良的结婚证书上签字，确定其法律效力。侧旁，亲友手持鲜花，频频祝愿，毫无喧哗嬉闹之举，一派安静祥和的氛围。

首都环境优越，在半岛上建立起的赫尔辛基三面环海，北面森林葱郁，附近群湖星罗棋布。远郊自然保护区努克西奥（Nuuksio）国家森林公园，就是精良生态环境的一个缩影：树木错落，花草芬芳，湖面宁静，水体清澈，栈桥木屋，鸟雀栖息。在告别首都前往俄罗斯时，必经芬、俄边境海关维尼卡拉（Vainikkara），购物者可在这里的一间标有“Cash Refound”的木屋里办理退税手续。这座由厚实松木建成的木屋，木材质地优良，纹理清晰可见，加上透明漆的涂饰和日光灯的照射，室内异常明亮，不愧是森林王国的杰作。木屋是芬兰和北欧的骄傲，它是这里早期民居的主要形式。联合国教科文组织已将图尔库古城以北劳马（Rauma）古镇的木屋列入世界遗产名录。木屋是芬兰拥有丰富林业资源的写照，这片沃土既有林海滋润又有碧海环抱，真不愧是地球北极圈项链上的一颗明珠。

丹　麦

深夜，夜航班机平稳地降落在丹麦西兰岛东南角、距哥本哈根市中心 30 千米的国际机场。在等候行李的大厅中，一组生动活泼的童话雕塑惹人喜爱，顿时消除了长途飞行的疲倦。猛然意识到 2005 年正值丹麦著名作家、世界童话大师汉斯·克里斯汀·安徒生（Hans Christian Anersen）200 周年诞辰，适逢喜庆到访这个童话般的国度，令人倍感喜悦。

次日清晨，驱车来到市中心以“安徒生”命名的大街 Hans Christian Anersen Boulevard，街道略呈西北—东南走向，中段北侧有一座安徒生的铜像，一看到那顶高大礼帽与那和蔼可亲的面孔，顿时勾起了自己许多儿时的记忆。我们一家三口争相在大师像前摄影留念，仿佛孩童一般。

大街北面是著名的市政大厅及其广场。大厅上的尖顶形似尖塔形积木，以它为中心形成一组童话般的建筑群，风格各异，尽显欧洲古典建筑的魅力。大厅斜对面是一座高塔建筑，即著名的宫殿宾馆（Place Hotel），可以登高鸟瞰全市景色。各种建筑千姿百态，设计精湛，像用儿童智慧的双手搭建成的积木作品，充满天真的幻想。哥本哈根无愧是安徒生生活和创作的故土，北行不远的海滨公园有美人鱼铜像（The Little Mermaid），这尊雕像也因他的童话《海的女儿》而闻名，是由雕塑家 Edvard Eriksen 于 1913 年完成的，它是哥本哈根的标志。

童话里当然少不了国王，附近的阿美林堡（Amalienborg）是现今玛格丽特女王的官邸，是 18 世纪尊弗雷德里克（Frederik）国王之命修建。四栋宫殿对角而立，正好围成一八角形广场，正中请法国艺术家制作了弗雷德里克国王骑马的雕塑，威武雄壮。皇家卫队士兵头戴黑色熊皮高帽，身着红色制服上衣、白色背带、蓝色军裤，精神抖擞，一展王室风采，堪比英国伦敦白金汉宫门前的卫队。除外国游客外，还有不少本国儿童前来观光，亲临现场体验童话梦境。

安徒生大街南侧是著名的逖沃利公园（Tivoli Gardens），绿草如茵，鸟语花香，如同那激发安徒生创作灵感的丹麦沃野中的自然庄园。安徒生的多部作品都出自庄园。1842 年他在庄园有过一段美好的田园生活，这些美好源泉，使他写出了名作《丑小鸭》，并于 1843 年发表。

除了文学中的童话，丹麦人文景观中也有神话传奇：在海滨公园南面不远，便是奇菲洋喷泉（The Gefion Fountain）。奇菲洋是北欧神话中的女神，她曾经让自己的四个儿子变作四头公牛，又以回天之力挽救丹麦的危亡（也有让四个儿子一天耕完丹麦西兰岛所有土地的说法）。雕塑中的四头公牛健壮威猛，意寓男子的阳刚之气，突出其强劲勇猛，正好和美人鱼的温柔美丽彼此呼应。

安徒生的创作也从欧洲文化中汲取营养，他在欧洲旅行期间曾与文学大师海涅、雨果结识并和音乐家李斯特、舒曼有过交往，去过德国、意大利、法国和英国，欧洲大地为安徒生的作品注入了活力。同时，欧洲文学也从丹麦的土壤中受益。英国著名剧作家莎士比亚就以历史上的丹麦国王为题材写出了不朽悲剧《哈姆雷特》，剧作背景就发生在位于赫尔辛格（Helsingor）的科罗堡（Kronbog）。这座城堡也因此得名哈姆雷特城堡（Hamlet'scastle）。科罗堡是北欧文艺复兴时期的建筑，因其具有代表性，已于2000年入选联合国教科文组织的世界文化遗产名录。

城堡工程巨大并于1577年基本建成。城堡外缘是传统的北欧式的砂石围墙，堡内为一方形围院状建筑群，房脊屋顶均呈陡坡状并多处开设老虎窗，为北欧的传统设计手法。其间，两尊尖塔高耸入云，为典型的哥特式风格，分别称为“号手塔”及“鸽塔”，即鸣号勇进又赐平安与祝福之意。进入院内，必经一个坚实门洞，门洞两侧立有独立石柱，并在两边门墙凹陷处建有古代雕塑：右侧是罗马神话中拿着三叉戟的海神尼普顿（Neptune），左侧是罗马神话中的信使 messenger 墨丘利（Mercury），他们代表幸运与财富，保佑着丹麦海上商贸兴旺发达。院内建筑群的东南一隅为王室专用的小教堂（chapel），入口处上方及两侧分别是《圣经·旧约》中三位伟人摩西（Moses）、所罗门（Solomon）和大卫（David）的雕像，皆为1584—1585年的艺术品。二层为皇室的宴会厅，富丽堂皇。为便于看到往来宾客，特意在门的上方建成凸出墙壁的窗户，美观、别致。建筑的山墙中线部分，龛嵌几个人物雕塑，体现了丹麦古典建筑的艺术内涵，使之成为文艺复兴时期努力进行美学探索的建筑杰作。

离开科罗堡，乘轮渡横穿厄勒海峡（Oresund Strait），向对岸的瑞典赫尔辛堡（Helsingborg）挺进，我站在甲板上回望古老的城堡浮想联翩，童话故事更少不了古城堡。安徒生肯定就是从这座文艺复兴的精品中受益的，否则不会有流芳千古的佳作。愿他的童话作品养育丹麦，造福世界。

瑞　典

下午，旅游大巴驶离挪威首都，自西向东横穿斯堪的那维亚半岛腹地向瑞典国境进发。典型的寒带针叶林郁郁葱葱，多处冰矶湖点缀其间，可以饱览自然地理学中这块难得一见的景观类型。约两小时的车程，来到瑞典畔依维那恩湖的卡尔斯塔德（Karlstad）小城。傍晚，漫步克拉尔（Klaraven）河边，横跨河流两岸的一座 14 孔石桥，古色古香。透过晚霞余晖，这座桥更显风情。河水清澈透明，湍流蜿蜒潺潺。近旁，几栋棕黄色的石筑两层小房，别致典雅，仿佛步入欧洲文艺复兴时代的油画场景。

不远处，教堂塔楼钟声清脆、悠扬。浏览教堂门前的乐讯海报，惊讶小城竟有几支欧洲古典乐团远道而来参演献艺。两位过世主教的塑像庄重地矗立在院内。教会所辖社区，秩序井然。我与眷属漫步街头，偶尔有汽车驶过，没有鸣笛，司机有时还透过车窗与路人沟通、示意、礼让，使游客感到十分亲切。

次日，大巴穿过茂密的针叶林继续驶向首都斯德哥尔摩。原野宽旷，绿荫芳香，优越的生态环境散发着迷人的魅力。号称“北方威尼斯”的斯德哥尔摩环抱在蓝天、碧海与枞松之中，美丽端庄。来到老城的市中心，向西北方眺望，首先映入眼帘的是屹立在国王岛（Kungsholmen）上的著名的市政厅［The City Hall（Stadshuset）］。它是首都的标志性建筑，106米的方形柱状高塔，屹立在城堡式方形院的东南一隅。高塔钟楼由两层同心圆状多宝瓶围栏环绕，6根立柱托起大钟，4位巨人雕像居高临下，金顶在上，灿烂辉煌。3顶金色王冠被高高举起，耀眼显赫。红褐色四方形院落的另外3个城角，也有3个较低的钟楼辅佐为伴，高低错落，彼此衬托，无愧为瑞典近代的建筑杰作。

步入一层大厅，便是举世闻名的蓝厅，绛红色花岗岩的墙面，砌筑、浆缝依稀可见，自然岩面粗糙凝重，不显华贵，追求早期古代建筑的粗粝质感。每年12月10日（诺贝尔的逝世纪念日）在斯德哥尔摩音乐厅颁发诺贝尔奖后，招待获奖得主的宴会就在这里举行。夜晚的盛装舞会在楼上的金厅举行。金厅华贵、典雅、金碧辉煌，吸收了意大利罗马教堂建筑装饰的精髓，又结合了瑞典的智慧，使之大放异彩。最高一层为市议会的会议大厅，屋顶为倒立的海盗船造型，体现了对斯堪的那维亚维京（Viking）原住民文化遗产的传承。

与市政厅隔海相望的便是被视为斯德哥尔摩老城核心的Gamlastan岛，它也是瑞典皇宫的所在地。此宫是欧洲现存的著名宫殿之一，具有巴洛克建筑的独特风格，竣工于1754年。宫中搜集了自中世纪以来的欧洲的许多珍贵文物。这里，既有宏伟的国家厅（Hallof State），也有典雅的皇家小教堂（The Royal Chapel）。礼宾厅（The Guest Apartment）用来接待贵客，并备有可供住宿的豪华套间。现在，除例行国事活动外，皇宫主要承担博物馆功能。宫内可看到精心制作的历代皇冠、奖励勋章、皇家婚礼使用过的罩袍以及代表权柄的手杖和珍藏的著名艺术品。皇宫院内辟有皇家马圈，饲养良种马匹，备马具和挽具。不远处还能看到皇室的七窗马车和镀金车灯。马圈整体结构呈四方形，一侧的半圆形拱墙巍然耸立，显示出皇家气派。

旁边，橙黄色的斯德哥尔摩大教堂（Stockholm Cathedral），通常为国王举行加冕典礼之用，也承担重大礼仪活动。1961 年，瑞典外交家、诺贝尔和平奖获得者、联合国前任秘书长哈马舍尔德（Hammarskjold，1905—1961）先生的追思会就在这里举行。大教堂拥有国际一流的合唱团，每年 12 月都会上演亨德尔（Handle）的著名神曲《弥赛亚》（*Messiah*）。瑞典政府倡导世界和平并积极参与国际事务的协调和斡旋。圣殿中那盏设计别致的地球灯（Globle Lights）似在为人类和平不断祈祷。

斯德哥尔摩城东的海滨小镇沙丘巴登，是早年戊戌变法后维新派领袖康有为流亡海外的居住地，他在此地购置了一座小岛并于 1909 年在岛上建造了中国式园林，名为“北海草堂”，很早便向北欧展示了中国园林的魅力。18 世纪中叶，瑞典第二大城市哥德堡曾有“哥德堡号”帆船远渡重洋驶抵广州，参与海上丝绸之路的开拓。中、瑞两国友谊源远流长，1914 年瑞典地质学家、考古学家安特生受聘来华，参加北京西山科考工作。瑞典探险家斯文赫定对罗布泊研究也曾做出过贡献。1926 年，瑞典皇太子成功访华。瑞典很早便了解中国绸缎与园林艺术。同样，我们也在努力学习瑞典的社会文明，为构建和谐社会借鉴一二。

挪　威

大西洋的碧海柔波拍打着斯堪的那维亚半岛西海岸，森林郁郁葱葱，草木错落分布。盛夏的寒带田间，小麦刚刚收获完毕，机械化作业已将剩余的麦秸滚圆打捆，使得众多金黄色柱体横卧地表，在广阔田园上形成美丽的几何图形。远处，北海石油平台巍然耸立，商船、渔船川流不息，一派富饶的景象。

傍晚，我们下榻在距挪威首都60千米的德拉门（Drammen）小城的首位宾馆（First Hotel）。晚餐以著名的海鱼款待远方来客，英俊的男士侍者训练有素，衣着笔挺。各道菜肴上菜规范，刀叉、碟盘递撤有序，一展风度。次日清晨，外出散步，颇感寒意。但这里宾馆已供给暖气，真不愧为能源大国。与宾馆隔河相望的是背依山麓的教堂Brager Nes Church，为新哥特式风格。堂内著名的祭坛壁画（altarpiece），一直是附近70多座教堂仿制的范本。塔顶装有一排钟，由连接在键盘和踏板上的钟槌敲击，不时发出美妙的声响。沿缓坡上行，是一组设计讲究的别墅群，它们吸收了欧洲农舍田园风格并使其艺术化，属于建筑史后期的“风景如画主义”作品。同时，还采用了16—17世纪的建筑手法，使用粗壮的木材作基础、支架、弯梁和立柱，结构之间的缝隙用灰泥或砌体材料填充，展现了欧洲民居建筑的魅力。当然也不乏北欧维京文化特色，突出原生态特征，展示挪威建筑设计对传统的继承与创新。

驱车前往首都奥斯陆，先到达北郊霍尔门考伦（Holmenkollen）山上的著名滑雪场，那里有高达420米的滑雪跳台。于高台之巅可以一览名城全貌。挪威民族擅长滑雪，Ski一词就来自挪威语。滑雪场又是体育文化中心，这里的商店售卖色彩鲜艳的各式滑雪服饰，受人之托，我们代购了一顶滑雪帽，它编织精良，图案颇具北欧风情。挪威人酷爱冰雪运动，记得20世纪90年代有一届冬奥会在此举行，挪威国王不惧严寒、专乘雪橇亲临现场助兴。

首都奥斯陆毗依港湾，三面环山，一面临海，西北方的高岗为国王王宫所在地。沿市区著名的卡尔·约翰斯大街（Carl Johans Gate）缓缓上行，仰望可及人们朝圣的至高处。王宫于1825年奠基，1849年竣工，由丹麦著名建筑师设计完成。王宫正面采用欧洲建筑中常见的列柱式（Prostyle）门廊，宏伟、气派。王宫周围没有任何围墙拦阻，任凭市民、游人休闲漫步。宫后为草坪花园，两片水面点缀其间，自然、幽静。宫前为沙石开阔地，保持了与海滨景观的连续性，中间是已故国王的骑马雕像，体现了建筑与艺术的完美结合。王宫总体设计简洁、大方，享有“欧洲最朴素的王宫”的美誉。

挪威建筑虽不豪华，但敢于在欧洲传统上进行创新。坐落于港湾要冲的是奥斯陆市政厅（The City Hall），面朝大海，集古典与现代建筑之精华。它吸收欧洲双塔教堂（如德国慕尼黑与奥地利因斯布鲁克的两座双塔教堂）的构建特点，采用近代建筑理念，在主大厅的两翼建造了两座连体高楼，这是双塔教堂构思的延伸与发展，又是浪漫主义、古典主义与实用功能的有机结合。它于1950年建成并于奥斯陆建城900周年纪念日时启用。整个工程前期论证充分，施工精益求精，经得起时间考验。每年，诺贝尔的和平奖就在这里颁发，举世瞩目。位于卡尔·约翰斯大街西南的挪威议会大厦（Houses of Parliament）建于1850年，采用瑞典设计师 Emil Victor Langlet（1824—1898）的竞标方案，中间部分吸收了中世纪圆形城堡的建筑特色，体现了议会制度的庄严、神圣，是斯堪的那维亚风格与意大利传统流派的结合。挪威建筑的一些成功经验取决于她对美学的不懈追求。奥斯陆市中心的弗龙那公园里内设的雕塑公园，那里汇集了挪威著名雕塑家古斯塔夫·威吉兰（Gustav Vigeland，1869—1943）毕生的作品。他受益于希腊与罗马的雕塑艺术，又融入挪威艺术的民族性，使其雕塑群名扬国际。

挪威有着深厚的文化底蕴。在卡尔·约翰斯大街一侧的是国家歌剧院，近旁有挪威著名剧作家亨利克·约翰·易卜生（Henrik Johan Ibsen，1828—1906）的塑像。他以社会问题为题材的著名剧作《玩偶之家》（*A Doll's House*），已被译成多种文字在世界各大剧院上演。另外，挪威著名作曲家格里格（Grieg，1843—1907）还为他的剧本谱写配乐，享誉世界乐坛。那首《索尔维格之歌》扣人心弦，成为挪威两位世界名人珠联璧合的美好见证。易卜生与格里格是挪威的骄傲。

美　国

沙漠之旅

改革开放以来，我曾四次路经我国西北沙漠，两次考察北京远郊沙地，工作实践让我更加关注这一脆弱生态系统，引发了自己对人类所面临的荒漠化及其引发的环境问题的思考。今年春季，旅游途经美国西南部沙漠地区，夜航后下榻拉斯维加斯（Las Vegas）的一家宾馆。次日，先与家人去参观巨大水利工程胡佛大坝，然后随团驱车穿过内华达州的沙漠核心区后抵达洛杉矶，东西横贯沙漠地带行程总计近 500 千米，让我们对美国西部干旱荒漠有一大致了解。

步入沙漠，自己不习惯戴墨镜，愿意亲身体验、感触那阳光与地表碰撞的瞬间，观察沙粒中无数细小长石、石英所折射出的灼燿光点，观赏干旱沙漠与风蚀地貌所形成的独特景观。美国西部沙漠平坦、浩瀚，似乎还未看到对人类生存构成巨大威胁的流动沙丘和连绵不断的新月形或抛物线状的独特沙区地貌。然而，就在那些裸露的岩层和隆起的岗丘上，依然可以见到巨大风力侵蚀的痕迹。沿途既有横亘平卧的墩台，又有形态各异的峦丘，更令人陶醉的是，在地下水出没区域还筑有座座精美别致的木屋，路边酒吧与咖啡厅里时常响起吉他伴奏的美国乡村音乐，轻松、悦耳。

纵贯美国西部南北走向的内华达山脉，对来自太平洋的气流构成拦阻，随之形成“雨影区”（Rainshadow area）并促成山脉东侧的沙漠化；加上又受到“冬雨”（加利福尼亚州地中海气候降水类型）和距离海洋相对较近的影响，美国西南部沙漠地带要比欧亚大陆腹地略显湿润。加之，新大陆的人工垦殖强度轻微，放牧承载合理以及有先进的生态保护措施，等等。这使得北美西南部干旱荒漠区仍然充满活力和生机。在沿途一望无际的金黄色沙原上覆盖着绿色草被，分布适度，低矮墨绿，如同杏色沙毯上刺绣的千万朵绒花。这里，密叶滨藜茁壮生长，三叶漆树散发馨香，长叶麻黄挺拔，沙漠冰草倔强。落芝草与绒毛蓼簇拥丛莼，刺果菊与拉瑞阿结伴共处。偶尔也能见到顽强生长的三白草科的一些属种和茜草，印证了北半球植物区系的诸多共性。

沙漠之旅，在猎奇之余也能得到启迪和激发联想：恶劣的生境和贫瘠的养分迫使荒漠植被具有许多特性。这里有冲锋陷阵的排头兵，如大沙茅和一些绿茵。沙生植物坚忍不拔，用长达 20 米的主根向地下深层水源挺进，不到甘泉誓不罢休。它们能用发达的根系拓展面积广聚水分，即使侧根也能黏结沙粒在风蚀中存活。它们抓住机会迅速成长，能在很短的湿润期内迅速成材（沙漠绒毛蓼的幼苗只有四个营养叶片，却有 22 厘米的主根）。它们可以节能降耗，在干旱期内“冬眠”，积蓄力量，渡过难关。碱蓬、猪毛菜等甚至能够忍受高浓度的盐碛，采用抗衡、聚集、泌出的办法在逆境中继续生长。它们借助风力传播种子和果实，不断繁衍、壮大，成为沙漠中的生态屏障。

水是沙漠的生命之源。沙漠绿洲和湿润的丘间低地是乔木、灌木成长的天堂。棵棵腺牧豆树和沙漠葳茁壮成长，树形挺拔；佛莱芒与亚利桑那种及狭叶杨竞相比高，有的还在定向风力的吹动下形成多面旌旗状的树冠，为人们指引进军沙漠的方向。北美沙漠中极具典型特征的乔木是约书亚树（The Joshua Tree），其学名为短叶丝兰。这里还专门建有约书亚树国家公园。根据《圣经·旧约》所讲，约书亚是以色列始祖摩西的助手和继承人，意为“上帝拯救”，他曾最终带领以色列人征服迦南地，跨越沙漠抵达沃野。在内华达大学和附近的亚利桑那大学都设有专门的干旱荒漠生态研究机构并开辟了沙漠植物园，有大批志愿者来到这里从事沙漠景观和荒漠生态系统的研究工作。

为改变荒漠地区的水资源供应状况，由美国第 31 任总统胡佛领导，在位于内华达和亚利桑那两州间的科罗拉多河上修建了胡佛大坝（Hoover Dam），这一集灌溉、电力、防洪于一体的综合性水利工程成为抗争干旱的见证。我们全家站在黑峡（Black Canyon）边的坚固坝基上，面对沙漠中的巨大狂风，望眼于连接陡峭峡谷间的混凝土重力拱坝，无比赞叹。老少三口手挽着手，依靠在铭刻着当年先驱功绩的纪念丰碑前，勇敢站立，赞叹当年建设者与干旱烈日搏斗的大无畏精神。

随着大坝建设项目的就位以及为满足职工业余生活的需求，在距离工地 37 千米的拉斯维加斯，一座以博彩、娱乐、旅游为主的新兴城市拔地而起。西班牙语的“拉斯维加斯”由冠词 Las 和名词 Vega 组成，意为“肥沃平原”。水利工程、铁路建设以及政府的特殊优惠政策让人们选择了这块沙漠绿洲。

沙漠可以创造出人间奇迹。深夜由空中俯瞰拉斯维加斯紧密相连的新旧市区，犹如夜幕瀚海中的两艘光芒四射的方舟，灿烂辉煌。这座沙漠中的不夜城充满激情和希望，来自全球各地的俊男靓女都愿前来休闲娱乐。她将永远引领潮流，带动时尚，创造美好供世人分享。

横穿新约克

相对于英国的约克郡（York Shire）而言，早期北美十三州中的纽约州就是它的新约克（New York）。初春，我们乘坐旅游大巴从新泽西州前往美国、加拿大边境的尼亚加拉瀑布观光，正好东西横穿纽约州全境，历时14个小时，尽览美国东北部的秀丽风光。

地势渐高，首先越过阿巴拉契亚山脉南段北缘，公路两侧绿树成荫，郁郁葱葱，环境幽静，空气清新，犹如踏上林海仙境。低处，山杨嫩芽欲吐，似少女羞涩遮面。高处，羽杉修长多姿，松柏苍劲挺拔。美洲五针松墨绿透亮，塔形香脂杉密集重叠。林间，古老的冰碛湖星罗棋布，晶莹透彻，折射斑斑霞光。多片湿地、沼泽浮萍碧绿，香蒲、芦花荡漾飘逸。沿途所及，地貌类型多样，隆起与凹陷并列，山峦岗地、微谷相间分布，错落有序。景色宜人，胜似仙境，如同一册绘有美丽景观的精品“写生簿”。这里是动物的理想天地，北美野牛、黑熊、野鸡等珍稀物种受到良好保护，生息、繁衍，不致灭绝。林中，花香鸟语，百鸟朝凤。红鸟争奇斗艳，蓝雀笛鸣悦耳，苍鹰搏击长空。正巧此时旅游大巴中的音响就在播放法国作曲家梅西安的《百鸟苏醒》，其灵感就源自鸟鸣并以此献给鸟类学家。

纽约州管辖州属林地60余处并建立州立公园150多座。州立公园的建设宗旨主要是为满足群众的旅游与休闲需求，园区规划除了满足游人对宿营、野餐、远足等的需求外，还配备了停泊和船坞设施。鼓励泛舟游船，培养公民大无畏的性格。

纽约州立大学的多所分校均建于青山绿水之间。Oneont 分校附有自然保护区和四季温室，Syracusea 分校建有林业与环境研究中心，负责全州的生态保护和环境监测工作。同时，热情接待中国访问学者来此进修。密林深处有一所成立于 1912 年的护林学校，历史悠久。附近 6 个州及加拿大的学生慕名前来求学，投身绿色产业。世界著名的康奈尔大学（Cornell University）设有鸟类实验室和农业与生命科学研究中心，力挺生物学前沿研究。

汽车经过约翰逊市（Johnson City）后便进入农区，视野开阔，一望无际，耕地肥沃，平川万里。全州拥有农场 4 万多个，种植生产优质小麦。黝黑的土地上盛产大豆，且农业部门对豆类分工精细，如干豆、食用油豆和可加工豆类等，大宗产品专供出口并在国际市场享有盛誉。农副产品丰富，水果以苹果、蜜桃、葡萄为主，品质优良。畜牧业发达，肉牛、奶牛品种优良。州府农业主管部门非常注重对农民进行风险防范意识的培训，使其善于应对市场波动，避免“谷贱伤农”。农村科技进步，遥感技术应用于作物估产和灾害监测，信息技术和管理科学非常先进。

临近布法罗市附近时，人文景观更引人入胜。农舍的建筑格调与景色相互协调，亲切宜人。别墅和庄园住房形式贴近生活，充满乡土气息。传统吊窗古朴雅致，矩形长窗带肩额枋。凸窗和肚凸窗突出立面以外，充分吸纳阳光。房舍烟囱和门斗装饰多样，点缀巧妙。外墙藤蔓环绕，墙体山花秀丽。奶牛房、马厩等功能性建筑，别具一格。屋顶多为复折屋顶或双面坡屋顶，屋檐略向外翘并延伸在正面和背面的墙体之外，形成较深的挑檐，继承了 17 世纪荷兰的建筑风格（纽约州原为荷兰殖民地，1664 年后割让给英国，独立战争后归属美利坚合众国）。

多座教堂和祷告室内赞美诗与灵歌如天籁之声，新约克州胜似人间天堂。

小憩夏威夷

由纽约曼哈顿的繁华闹市飞抵梦幻般的夏威夷，真感到如释重负、无比惬意。小憩夏威夷也是在太平洋东西两岸长途跋涉中稍事修整的最佳选择。飞机在晴空中徐徐降落，临窗俯视，水面碧波荡漾，洁白的沙滩上闪烁着耀眼的银光。看卫星照片，湛蓝水面上的夏威夷的 8 个主岛如同镶嵌在蓝色丝绸上的碧绿翡翠，130 多个火山岛和珊瑚岛又如同散落的颗粒珍珠，雍容华贵。高耸入云的棕榈和椰树繁茂荫郁，在海风和雨水的“洗礼”中更显挺拔。世代在太平洋沿岸聚族而居的波利尼西亚人，性格憨厚，待人诚恳，他们用“阿罗哈”招呼、示意，欢迎来自世界各地的游客。他们头、颈佩戴美丽花环，朵朵花瓣馥郁馨香。具有民族特色的服装，宽松肥大，花卉图案色彩鲜艳。青年男女热情奔放地跳起草裙舞，婀娜多姿，在夏威夷吉他的伴奏下更显轻盈奔放，表达了他们发自内心的喜悦。

乳白色的伊奥拉尼皇宫屹立在草坪和密林之中。由于它是美国领土上唯一的一座王宫遗址，因而显得尤为重要。它于 1882 年由第七任国王戴维·卡拉卡瓦兴建，设计上既体现出欧洲文艺复兴时期的古典高雅，又通风、舒适。宫殿旁多株古老的菩提树根深叶茂，绿意盎然。曾经比邻的高拱皇冠式圆亭举办过皇帝加冕的圣典，具有纪念性意义。院落前方中央悬挂的夏威夷州州旗迎风飘扬，其上的米字形图案源自

1816年老国王对英国国旗的偏爱，这也无意中致敬了英国探险家詹姆斯·库克船长，他于1778年1月发现夏威夷，从而结束了群岛长达500年的与世隔绝的状态。

夏威夷不愧为景观旅游胜地。独特的植物区系使岛屿呈现出丰富的生物多样性，特别是这里存在许多珍稀物种。所到之处繁花似锦：鹅掌花争奇斗艳，兰花缤纷绚丽。红色的桃金娘与黄色的火鹤花、石槲兰交相辉映，为夏威夷增添亮丽。山麓林原，清莹秀美，沟涧潭壑，芳野幽香，浅滩湍流，泉水潺潺，寂寥仙境令人陶醉不已。夏威夷是最后归属美国的州，这使得合众国疆域向南跨越了4—5度，美国本土因此也能出产咖啡。咖啡豆与烘焙又使静谧的岛屿多出几分香气。

海湾风景秀丽，围拢海滨的山体如巨大的静卧着的恐龙，巍峨壮观；海浪穿透岩石洞穴，奔腾而起的水柱形成有名的浪花喷潮口，仿佛再现盾形火山口喷发的情景。群岛南端大岛上的基拉韦厄和冒纳罗亚等5座火山至今仍有活动，前者于2008年还在喷发，成为当今地壳上最为活跃的热点。这里建有能目睹火山喷发奇观的国家公园，该公园已被列入世界自然遗产名录。

在著名的怀基基海滩上，海水湛蓝清澈，椰影婆娑摇曳。遮阳伞下的原木质桌椅纹理清晰，树荫下的吊床悠荡闲宜。充气睡床五彩缤纷，躺椅闭目养神，健体抚慰心绪，白云蓝天，轻沙微柔。冲浪弄潮驰骋巅峰，潜水探索海底世界。既有烈日的火红，也有晚霞的余晖。游乐区内，双向单桨的独木船和复古的多桅帆船穿梭其间，玩耍竞技，一展风采。

海滩附近宾馆林立。尽管所下榻的“大使宾馆”还比较普通，但其家庭套间都配备烹饪厨具。国际连锁的“拉玛达”宾馆，前厅免费提供速溶咖啡，客人取用节制有度，罕见哄抢。即使所住的宾馆不备早点，门口快餐摊也有汉堡、三明治、蛋糕出售；服务人员勤快、微笑，热情待人，更无蛮横的“宰客”行为。繁华市区的购物中心商品琳琅满目，各种国际品牌的旗舰店展示时尚与流行，吸引达官贵人和社会名流。商店内首饰制作精良，夏威夷海域所特有的牛血红色的珊瑚成为饰物中的珍品。街道上也有远近闻名的 ABC 连锁超市，面向百姓，物美价廉。街道干净整洁，路遇行人他们都要面带笑容向你主动招呼，极为热情。道路两侧的木架上摆放着最新刊印的旅游手册，免费自取，每日黎明前都有专人更换，及时提供最新的信息。其贴近生活的人文环境，让世人向往。

夏威夷居民以亚裔为主，白人仅占 1/3。市中心最古老的卡瓦伊阿好教堂用当地盛产的珊瑚礁石建造而成，坚如磐石，教会中人笃信圣公会教义并仍然使用原住民语言布道。圣殿内拥有由 3000 根风管组成的大型管风琴，奏响天籁之音。

距离海滩仅 8 千米的珍珠港内，沉没的亚利桑那号战舰的残骸依稀可见，黄棕色的船体和与其垂直建立的海面上的白色长条形纪念馆共同搭建了一尊永恒的水上十字架，用以追思、怀念烈士的英名。头戴船形帽的黑人女兵守护其侧，我们与她合影留念。年轻的军人需要记取战争的教训并认清所肩负的重任。此刻，我站在接近的纬度上，面对夏威夷绮丽的热带风光遥望祖国的三沙市，警觉到他人的觊觎，提醒我们切不可掉以轻心。

名校之旅

参加组团的赴美旅游，可以获得半年多次入境签证（M类）。因此可以利用淡季购买打折机票进行深度游。国庆假期前夕，香港国泰航空正好满足了我的心愿并成全了这次的“名校之旅”。

纽约肯尼迪国际机场，价格优惠的航班多选在午夜零点前后起落。考虑下榻便捷，我们全家预定了位于机场北边的一家宾馆，房价优惠，条件舒适。餐厅主管热情、好客，服务周到。地址虽然偏僻，但临近Q40路公共汽车站，可与通往曼哈顿市中心的地铁相连，交通十分便利。

退休老人本着“乘公交出行”的原则，异国他乡也要首先购买市区交通卡。使用纽约的一日交通卡乘坐汽车较划算，如果下到地铁，则按站计价。由于复杂的地铁线路都采用垂直立体换乘，因此，在为老伴找寻升降电梯时也闹出不少笑话。曾多次上下也不见“天日”，后来，终于找对位置，走出站口，才感到松了口气。在繁华的第八大道，乘坐M20路汽车北行，路过号称“纽约呼吸肺叶”的中央公园，偏西到达林肯艺术中心，于此地观赏喷泉，聆听大厅内排练的室内乐。往前不远就是著名的朱丽亚音乐学院，许多大师都毕业于此。现今中国乐坛的新生代也已叩开它的大门。继续北进，可以游览著名的哥伦比亚大学。大学北界是该校著名的师范学院，也是美国教育的基石。中国近代著名教育家胡适、陶行知、张伯苓等均在此留下足迹。

乘 M5 路汽车直驱南下，到达曼哈顿南端，还可以免费乘轮渡前往另一行政单元的岛屿并远望自由女神。学外语最怕记单词，但乘坐公交必须记住站名，以免坐错站或坐过站。美国地铁配有准确发音的到站播报。街道上，汽车站牌要比国内简陋，而且车上不报站名。但各个线路都备有免费发放的小册子，上面标有站名和路经时刻，既方便下车又可借此了解城区详情。

由于在纽约的时间较宽裕，我们还拿出一天时间参观著名的西点军校。这所军校号称“将军的摇篮”。这里曾走出巴顿、艾森豪威尔等名将以及时任国民党天津市市长杜建时。杜建时曾作为随员，参加了有各国首脑出席的开罗会议，见证了这一历史时刻。

在纽约东北方向的波士顿附近，名校和景点云集，我们参观了耶鲁大学、哈佛大学与麻省理工学院等知名学府，到访美国最小的州罗得岛，途经布朗大学。不禁让人想到由这里走出的詹天佑、竺可桢、赵元任、马寅初、梁思成、钱学森、贝聿铭等中国名人。

傍晚，我们乘火车并转支线前往位于新泽西州的普林斯顿大学，并度过了旅途中最为困难的一个夜晚。22：30 下车后，拿着网上预订的宾馆地址，多方打听均无人知晓。小车站漆黑寂静，家人心急如焚，幸好一位中年黑人出租车司机热心帮忙，用 GPS 定位系统找到了宾馆，但远在西弗吉尼亚州（两州地名重复，经纬度相差 2—3 度）。午夜时分只好打车另辟宾馆。

尽管付出代价，但感觉非常值得。普林斯顿大学与哈佛大学、耶鲁大学作为“常春藤”八所盟校的三强，拥有全美国数一数二的校景。科学家爱因斯坦曾在此工作、生活了二十多个春秋。我国的诺贝尔奖得主也在此汲取营养，数学家华罗庚、陈省身也因普林斯顿大学成绩辉煌。

而后，我们抵达历史文化名城费城。此次预订的宾馆地理位置很好，毗邻东部老城著名景点，可回顾美国独立、建国的历史。该市 10 美元的交通卡让我们能够方便地横跨城区到达西部的宾夕法尼亚大学。该校建筑专业秉承学院派理念，是中国老一辈建筑学家诞生的摇篮。

夜幕将至，必须赶赴巴尔的摩休息。巴城的公交车对老年人仅收 0.55 美元。我们前往以医学著称的约翰·霍普金斯大学。霍大虽不属“常青藤”名校，但属于我国北京协和医学院的样板，与协和是对口单位。它的音乐学院也属乐界的佼佼者。接着，继续沿铁路南下，抵达小城夏洛特维尔，入住弗吉尼亚大学附近的宾馆。之后，找到那栋被列入世界文化遗产名录的标志性建筑，它也是我国清华大学大礼堂设计的蓝本。至此，圆满结束自己“名校之旅”的整个行程。

加　拿　大

多伦多随想

北美安大略湖西北隅侧，碧波拍打着停泊的乳白色的游艇，群岛上火红的枫叶彤云飘逸。枫糖淳厚甘甜，冰球激烈比拼，抒情的加拿大民歌《红河谷》委婉动听，景色与歌声抚育着多伦多这座颇具文化气息的滨湖之都。她现代与古典交融，创新和传承并重。瞭望南岸的尼亚加拉瀑布，感悟城市魅力的“源泉”。

音乐是多伦多现代与古典并存的缩影。绿草如茵，人们可以躺在草坪上享受流行音乐的轻松，也可以举止端庄、身着笔挺西装出入罗伊·汤姆森音乐厅（Rol Thomson Hall），感受严肃音乐的厚重。那里，既能听到市交响乐团演奏的古典乐派名曲，也能欣赏到当地门德尔松唱诗班（Mendelssohn Choir）演唱的巴洛克（Baroque）时期的清唱剧《弥赛亚》（*Messiah*）。城市中，爵士与摇滚互动，传统和经典共鸣。

多伦多的城市建筑风格也反映了现代与古典的结合。高耸入云的国家电视台发射塔，如起飞的火箭直达天庭，高高耸立的自力支撑结构独树一帜，只有中东的迪拜酒店才能与之较量。新市政厅设计新颖，东西两侧各竖有一栋弯曲的大楼，高度不等，中间包围着拱顶形的市议会大厅，如同两片郁金香花瓣环抱娇蕊，温馨绽放。充满创意的天穹体育场（Sky - Dome）（罗杰斯中心），带有可以伸缩自如的顶棚，最大可覆盖8英亩（约50亩）的地面赛场，能在20分钟之内完全打开或收回，适合各类文体活动。街道中的住宅区，绿篱围墙，庭院幽静，造型活泼，舒适宜居。

位于女皇公园的中心区，几座古典建筑流派古老，令人不禁驻足观赏。由红褐色砂岩建造的安大略州议会大厦启用于1893年，构思、设计秉承了文艺复兴时期（Renaissance）的宏伟、大气。其西侧是成立于1827年的北美著名高等学府多伦多大学，校园不设围墙，欢迎八方慕名前来的宾客。它既有欧洲大学的严谨又有美国大学的开放。作为北美名校，它与美国哈佛大学、普林斯顿大学等大学齐名。从这所校园中已经走出4位总理和10位诺奖得主。圣乔治主校区是大学的精华所在，那座仿照英国牛津大学莫德林学院（Magdalen College, Oxford University）建成的哈特楼（Hart Hall），是哥特式建筑风格的典范，始终散发着浓厚的学术气氛。校园内多座古典式教学楼宇历史悠久，激发学生的进取精神。漫步在学院的环行路上，自己思绪万千：1916年，从这里走出的优秀毕业生诺曼·白求恩，在燕赵大地与中国人民并肩战斗，抗击日寇。1939年，他在河北太行山麓以身殉职。在那个艰苦岁月，中华民族积蓄力量，育人不辍，当时有21名精英学子获得庚子赔款官费留学英国的名额，但因二战爆发，赴欧船运中断而被改派赴加拿大留学并主要就读于多伦多大学。他们当中包括世界著名应用数学家、美国科学院院士林家翘，周口店北京猿人的命名学者步达生以及我国“两弹一星”的功臣郭永怀教授等。从该校毕业的我国著名生物化学家张龙翔教授，于1981年接替周培源教授出任北京大学校长。张校长自幼聪颖，慈母年轻孀居，教子有方，孝子勤奋向上，品学兼优，先后就读沪江、清华等名校，引领学术前沿。

从多伦多驱车 1 个多小时便可到达著名的尼亚加拉瀑布。“尼亚加拉”的印第安语意为深远宏大。经一段自然河流引导，来自上游西南方的伊利湖水注入安大略湖，两大水体落差 50—55 米，夏季湖水流量为 3000 立方米/秒，水流奔腾汹涌，气势磅礴，景色蔚为壮观。矗立于河流中间的山羊岛如同磐石砥柱，将川流分割为美（国）、加（拿大）各辖的两股，美方一侧河床断面平直，瀑布态势如新娘面纱般神奇；加方一侧因水流侵蚀河床所形成的弯曲断面呈马蹄形曲面流体，气势更加汹涌激荡。

1628 年，法国传教士路易·肯列平（Louis Kenlepin）就看到了这一世界自然遗产并向欧洲介绍。多伦多是安大略湖的宠儿，也是传播科学、文化的圣地，愿她青春常在。

澳大利亚

赴澳三城记

悉　尼

1998年2月，春节过后，在北京登机并由广州出关，飞跃赤道，经历漫长的航程，抵达悉尼。二月的京城，仍是“五九”隆冬，转眼在号称“南半球的纽约”降落，此地已是烈日炎炎，暑夏短衫。街上年轻的女孩都已身着短裙和吊带背心，赤脚穿拖鞋，潇洒时尚，展示南半球夏季的迷人。市中心著名的乔治大街整洁、繁华，道路两侧集聚了许多重要单位和机构：具有英国维多利亚时代建筑风格的市政厅，屹立在街道要冲，钟楼高耸入云，主体建筑古朴、庄重。楼内设有音乐厅并装有管风琴，晚间经常举办音乐会和文艺演出。市政厅也是人们进行社交活动的重要场所，市民可以随意出入。这也让我联想到英国，可以随意步入曼彻斯特市政厅，任凭我们全家尽情参观并随意拍照，体现了亲民、平等的理念。与悉尼市政厅大致同期兴建的还有附近的圣安德鲁斯大教堂（St. Andrews Cathedral），它是一座哥特式建筑，将近40米高的钟楼拔地而起，蔚为壮观。悉尼全城环绕在杰克逊海港的周边，海港多深水码头和避风所，大小海湾与各类岬角凸凹交错，来自各大洲的巨轮在海面上遨游穿梭，繁忙往返。这座海上门户的货物吞吐量位居南半球之首，成为澳大利亚重要的经济命脉。乘坐游艇可以一览海港的迷人风光：美丽的贝尼朗岬角（Bennelong Point）三面环海，当年，37岁的丹麦年轻建筑设计师约恩·乌松（Jorn Utzon）将自己的杰作"悉尼歌剧院"摆放到这块黄金地段之上。歌剧院外形宛如一组扬帆出海的船队，也像一枚枚屹立在海滩上的洁白贝壳，成为悉尼的城市标志和世界建筑史上的骄傲。从游船上昂首仰望，雄伟的悉尼海港大桥（Sydney Harbour Bridge）由南端的道斯角（Dawes Point）横跨大海直达北端的米尔森斯角（Milsons Point）。其外形似衣架高悬，长虹横贯，气势磅礴，长约1149米，桥面高出海平面59米，拱架顶端最高处距离海面134米，是澳大利亚人神奇般的创造力的体现，也是这座城市的另一个重要标志和著名景点。

短暂的旅行让我对悉尼恋恋不舍。之后，乘坐火车南下前往首都堪培拉，沿途正好可以观察澳大利亚沿海所特有的大片桉树林。列车直穿澳大利亚东海岸边的绿色林带，十分惬意。林间，澳大利亚东部的优势树种，如弹丸桉、柳桉、细叶桉、小果灰桉，赤桉等，郁郁葱葱，她们不仅为澳大利亚国土构筑了坚不可摧的天然生态屏障，也为林产工业和造纸提供了原材料。桉树也是"友好使者"，可以在世界很多地区生根发芽，甚至会收到较澳大利亚本土更好的效果。改革开放以后，我国开始重视林业建设并从澳大利亚引进了优良桉树品种，在广东、云南等省获得了显著的生态效益与经济效益。

澳大利亚森林生物多样性丰富。白天，在一些稀疏的桉树林里，还可以见到不少树袋熊蜷作一团栖息于桉树之上。这种活泼可爱的动物以桉树树叶与嫩枝为生，性情温顺，体态憨厚，耳朵、胸腹部及四肢的内侧长满浓密的灰褐色短毛，让人忍不住想抱一抱它。这里的原住民称其为“考拉”（koala），意思是“不喝水”。悉尼西北 30 千米处的羽毛谷野生动物园（Featherdale Wildlife Park）是人类回归自然的一处佳境，吸引游客慕名前往。

堪培拉

列车准时抵达堪培拉，走出车厢步出站台后，我感到迟疑，于是将车票上的地名与那简陋、低矮的木栅栏上用一条细长木板书写的车站名称反复对照，发现两者字母完全吻合，确定自己没有下错车。四周空旷寂静，人烟稀少，难以相信这里居然是一国首都的陆路入口。堪培拉车站位于城市的东南方，离市区还有一段较长的距离，无公交专线。恰好，一位面包车司机过来揽活儿，主动替我搬运行李，待人热情并把我送到市区一家名为“城市步行”的旅馆。这家旅馆房间舒适并备有公用冰箱和煤气灶。楼下为电影院，正逢周二，还可享受半价优惠；晚间，又能观看来自国外文艺团体的歌舞表演。于是，自己又加住了一天。堪培拉是政府办公之城，闲人很少。早晨散步，路上居然找不到一个行人能为自己拍照。午饭后，我沿着“联邦大道”这条城市中轴线向南直奔议会大厦，其间，在伯利格里芬湖（Lake Burley Griffin）畔小憩，观看对岸的澳大利亚国家图书馆（National Library of Australia）和库克船长纪念喷泉（Capital Cook Memorial Water Jet）。工作结束后，机关负责人还安排一名台湾同胞带我参观国立堪培拉大学（Australian

National University)，让我领略这座高等学府的美丽、宁静和优雅。堪培拉作为首都，清新安静，人口密度小，利于读书办公，这也给我国建设首都副中心诸多启示。

墨 尔 本

我从堪培拉乘大巴前往墨城，凑巧赶上客车中途抛锚，趁司机更换轮胎的大约半小时的间隙里，顺道观光了澳大利亚大陆的草原风光并认真记录了生态保护的标志牌。可惜停车发生在白天，若是晚间，肯定能够见到那跳跃奔腾的袋鼠，亲身体验南半球陆地生态的原汁原味。日薄西山，加快行驶并在进入市区后在位于城北的汽车终点站下车。此刻，墨尔本已经夜幕降临，自己只好拉着行李箱四处寻找宾馆，十分困难。在筋疲力尽之时，不得已，只好在就近的全季宾馆（All Season）下榻，价格较贵。晚餐后便入睡，次日清晨仍很疲倦，但还要去找寻经济型旅店，必须立即整理行囊另辟新址，准备搬家。上午 11 点后，酒店前台多次打来电话催促，手忙脚乱中收拾完行李，总算赶在 12 点前退房。先去鲁萨大街（St. Russell），然后又到国王大街（St. King's），总算找到一个单人间并可共用淋浴设施。附近餐馆以中高档居多。一家具有当地特色的海鲜店价格较贵，我只能吃些简单的饭菜，但店内的服务员对我倒并不歧视并很热情。因他身材魁梧，西服笔挺，肘搭餐巾颇具风度，便与他合影留念，保存至今。然后，走到中心商业区浏览市容。次日，去往著名海滨，享受大洋南端的略带凉意的夏季，观看沙滩排球与越野车表演。傍晚，走出宾馆，沿国王大街漫步到亚拉河（Yarra River）南岸的皇冠俱乐部。这是一个夜总会并内设赌场，博彩公开，与澳门相似，任凭我这样的外行观战。楼上一间不大的多功能厅内，摆放了倍大提琴和钢琴，等了一会儿，女歌手与其伴奏出场，演唱了几首流行歌曲。由于是晚饭后散步来到这里，未带相机，便让一位来澳开展业务的 Steve Kurtz 先生为我拍照，留下这难忘的画面。在墨期间，我还专门到访了墨尔本大学并在第 13 号大门前留影。该门前立有警示牌：为保护传统的方砖地面，禁止轿车通过。还顺便参观了对面的皇家医院，它始建于 1848 年，见证了城市的发展历史。门诊大厅内设有咖啡屋和小卖部，我以它为背景摄影留念并将一位在那里值班的老妇人照进画面。回国后，特将照片寄给医院，还收到那位老者回信，畅谈友谊。中澳两国长期友好相处，让它代代相传，万古长青。

日　本

日本印象

日本古称东瀛，与我国一衣带水，历史上交往密切，中日早有鉴真东渡和御使遣唐的美谈。明治维新后，日本开始学习西方，国力大增，在东方异军突起并成为近代中国知识分子仰慕和追求的理想国度。国内仁人志士如秋瑾、廖仲恺、廖承志、彭湃、鲁迅、郭沫若、聂耳、李叔同以及周恩来、蒋介石等，都曾赴日留学、进修。清末提倡新学，京师大学堂也以东京帝国大学为模板于 1904 年兴建分科大学（今北京市东城区黄寺安德里北街 21 号），由日本建筑师真水英夫负责设计，现已成为国家级文物保护单位。

二战期间，日本帝国主义发动侵华战争，给中华民族带来深重灾难，直至反法西斯战争的全面胜利。1972 年，日本首相田中角荣访华，受到毛主席和周总理的热情接待，两国邦交实现正常化。改革开放后还出现过一段“蜜月期”和“日本热”。当前，日本成为中国游客出境旅游的主要目的地之一，去日本留学和就业的中国青年更是有增无减。就它的风土人情而论，日本确有旅游价值。

首先，它很美丽。作为出入境门户的成田机场（Narita Airport），距离东京市区68千米。下榻城内须穿越千叶县，其间可饱览农田、村舍的田园风光：水田葱绿，菜蔬鲜甜，康乃馨、玫瑰、百合及马蹄莲争奇斗艳。新颖别致的小洋房与路边的低矮农舍相间、交错，庭院内附设茶室及宽廊，突显民族特色。东京市中心千代田区拥有皇居、外苑，高贵、典雅。市属公园的代代木绿草如茵，比邻商圈的日比谷闹中取静，上野引种的中国牡丹华贵绽放。由东京乘新干线前往大阪，途经山梨、静冈两县，停车仰望屹立在本州岛中央海拔近3800米的富士山，晴空湛蓝，白雪皑皑，山麓繁花似锦，芝樱恣意缤纷，圆锥形山体雄伟俊俏，涌泉簇拥，景色宜人。滋贺县境内的琵琶湖清澈如镜，拥有湖区八景，神奇似画。信浓、利根两川奔腾不息，抚育山岳、平川。京都岚山春季樱花陶醉，初冬红叶迷人。奈良公园内的成群小鹿惹人喜爱。北海道的洞爷湖和三重县的伊势神宫更是人间仙境。

其次，它会做生意，又是购物天堂，城市超前、时尚。东京银座繁华、热闹，贯穿于一丁目至八丁目的中央大街涵盖了当今的商业精华，特别是四丁目一带更是热闹非凡。作为首都副中心的新宿，伊势丹总店内顾客络绎不绝。大阪的道顿崛、心斋桥、难波寸土寸金，商业兴隆，美食丰盛。以电子器材市场著称的东京秋叶原是国际知名的家用电器大街，超大型的商场、小型零件店以及各类专卖店比比皆是，已经成为反映日本繁荣和科技进步的橱窗，也是生产厂家了解消费需求的前沿和触角。

最后，它保护古迹，崇尚古典，青出于蓝而胜于蓝。日本重视学习中国文化，尤其是圣德太子（574—622）曾多次遣使入隋、唐引进华夏经典。以后，著名遣唐学子、奈良人阿倍仲麻吕（698—770）留学长安并与李白、王维等大诗人成为莫逆之交。奈良于710年成为都城，京都朱雀大街两侧的两京曾分别称作洛阳、长安。以后，左京街道称

“洛”。现今，奈良、京都的建筑已被国际认可并列入世界文化遗产名录，而我们对古建筑则任意拆毁、破坏，其教训令人反思。如按每 10 万平方千米拥有的遗产数量计算，我国远不如西班牙、意大利，更不如捷克（国土面积 7.8 万平方千米拥有 12 项），也不及日本［38 万平方千米 14 项（不含自然遗产）］。在世界文化遗产中，日本以古城为主的遗产分布在奈良和京都（含宇治和大津城），奈良西北生驹郡斑鸠町法隆寺地区的佛教古迹又单独立项列入“世遗”。而我国恰恰缺乏隋（581—618）、唐（618—907）时代的城市建筑，纵观日本不禁感叹。曾有七代天皇在奈良建都，法隆寺建于 607 年，寺内西门里的金堂西侧有五重塔，建筑构思源自中国。587 年，用明天皇为祈祷大病痊愈建造寺庙，后因驾崩心愿未遂。推古天皇和圣德太子秉承遗志，最终建成法隆寺。以平缓的山丘为背景，大寺耸立在飞鸟时代的斑鸠故里，为当今日本乃至国际上古老木结构佛塔之佳作。第二次世界大战胜利后，驻日盟军总司令麦克阿瑟将军曾对当时存在的 15 万座庙宇、神社实施保护并对重点文物单位派驻军警看守，功不可没。

日本对华始终心怀诡计。第二次世界大战期间残酷侵华，制造南京大屠杀，迫害慰安妇，组建 731 部队血腥杀害百姓，等等。至今，它拒不承认战争过犯，仍然妄图霸占我国领土钓鱼岛。罪恶深重，是可忍，孰不可忍。宿敌近在咫尺，我们决不能掉以轻心。

参考文献

［1］蔡青．百年城迹：1900—2010 北京城貌及古建筑的百年嬗变［M］．北京：金城出版社，2014.

［2］梁思成、陈占祥等著，王瑞智编．梁陈方案与北京［M］．辽宁：辽宁教育出版社，2005.

［3］梁思成．中国建筑艺术［M］．北京：北京出版社，2016.

［4］北京市古代建筑研究所．近代建筑［M］．北京：北京出版集团公司，北京美术摄影出版社.

［5］李颖．伦敦会传教士马根济简论［J］．中华医史杂志，2004(4).

［6］上海商务印书馆．新测北京内外城全图：民国时期老地图［Z］．北京：中国地图出版社，1921.

［7］郑奇影，杨柏如．1950 年北京市街道详图［Z］．上海：亚光舆地学社，2004.

［8］韩斌．西方合唱音乐纵览［M］．上海：上海世界图书出版公司，2000.

［9］霍默·乌尔里奇著，周小静、周立潭译．西方合唱音乐概论［M］．北京：中央音乐学院出版社，2008.

［10］汪启璋，等．外国音乐辞典［M］．上海：上海音乐出版社，1988.

［11］迈克尔·肯尼迪，等．牛津简明音乐词典（第四版）［M］．北京：人民音乐出版社，2002.

［12］刘再生．中国近代音乐史简述［M］．北京：人民音乐出版社，2009.

［13］中国艺术研究院音乐研究所．中国音乐词典［M］．北京：人民音乐出版社，1985.

［14］上海艺术研究所，中国戏剧家协会上海分会．中国戏曲曲艺词典［M］．上海：上海辞书出版社，1981.

［15］王力．古代汉语（第三版）［M］．北京：中华书局，1999.

［16］俞平伯．唐诗鉴赏辞典（第二版）［M］．上海：上海辞书出版社，2004.

［17］上疆村民．宋词三百首（第二版）［M］．云南：云南教育出版社，2011.

［18］母庚才，马建农．柳宗元集［M］．北京：中国书店，2000.

［19］南京大学历史系《中国历代名人辞典》编写组．中国历代名人辞典［M］．南昌：江西教育出版社，1982.

［20］中国戏曲学院．京剧选编［M］．北京：中国戏剧出版社，1990.

［21］京剧流派剧目荟萃［M］．北京：文化艺术出版社，1994.

［22］潘侠风．京剧集成［M］．北京：新世界出版社，1993.

［23］地理学词典［M］．上海：上海辞书出版社，1983.

［24］经济大辞典：金融卷［M］．上海：上海辞书出版社，1987.

［25］王鹏．大公报的创始人英敛之［J］．炎黄春秋，2004（5）.

［26］赵峡，卢盘卿．天津以人为本实现经济发展与生态环境双赢［N］．经济日报，2004.

[27] 陈杰. 天津加快建设先进加工制造业基地 [Z]. 天津：天津市发改委，2004.

[28] 沈福熙. 中国古代建筑文化史 [M]. 上海：上海古籍出版社，2001.

[29] 卞僧慧. 天津史志研究文集 [M]. 天津：天津古籍出版社，2011.

[30] 林希. 老天津：津门旧事 [M]. 南京：江苏美术出版社，1998.

[31] 荆其敏，等. 天津的建筑文化 [M]. 北京：机械工业出版社，2011.

[32] 王尔德，茅玮涛. 日本城镇化启示录 [N]. 21 世纪经济报道，2013-03-01 (006).

[33] 潘达著，朱蓝编. 中国名人故居游学馆：寂寞后台（天津卷）[M]. 北京：中国画报出版社，2005.

[34] 张雪蓉，马渭源. 中国教育十二讲 [M]. 重庆：重庆出版社，2008.

[35] 董孟怀，等. 百年教育回眸 [M]. 北京：中国经济出版社，2001.

[36] 庞洵. 清华地图 [M]. 广西：广西师范大学出版社，2002.

[37] 方彪. 北京的茶馆会馆书院学堂 [M]. 北京：光明日报出版社，2004.

[38] 尹茵，刘峰. 高等院校老校区保护利用的思考 [J]. 中外建筑，2008 (5).

[39] 汪晓茜. 历史视野中的中国近代教会大学建设——以东吴大学为例 [C]. 中国近代建筑史国际研讨会，2006.

［40］吴定宇．中山大学校史（1924—2004）［M］．广州：中山大学出版社，2006.

［41］江乐兴，周国宝．不可不知的50所欧洲一流大学［M］．北京：中国水利水电出版社，2007.

［42］郭振山，薛冬．世界著名大学［M］．天津：百花文艺出版社，2008.

［43］丁峰，等．南开大学［M］．重庆：重庆大学出版社，2007.

［44］胡小唐，等．中国近代第一所大学：北洋大学（天津大学）历史档案珍藏图录［M］．天津：天津大学出版社，2005.

［45］陈旭麓，等．中国近代史词典［M］．上海：上海辞书出版社，1982.

［46］陈会颖．中外历史对比年表［M］．北京：中华书局，2016.

［47］国务院扶贫开发领导小组办公室．关于公布全国连片特困地区分县名单的说明［Z］．2012.

［48］中华人民共和国民政部．中华人民共和国行政区划简册（2015）［M］．北京：中国地图出版社，2015.

［49］国家文物局，中国文物报社．中华文明遗迹通览：第五批全国重点文物保护单位518处［M］．上海：上海古籍出版社，2002.

［50］国家文物局．中国名胜词典［M］．上海：上海辞书出版社，1981.

［51］王其钧．行走中国：结庐人境——中国民居［M］．上海：上海文艺出版社，2006.

［52］谭见安．地理辞典［M］．北京：化学工业出版社，2009.

［53］罗德胤．中国古戏台建筑［M］．南京：东南大学出版社，2009.

［54］刘伟国，刘志平．世界遗产视野中的村落遗产研究［J］．三门峡职业技术学院学报，2015（2）．

［55］张姗．世界文化遗产日本白川乡合掌造聚落的保存发展之道［J］．云南民族大学学报（哲学社会科学版），2012（1）．

跋

2013年曾先后出版两本书籍，时隔几年，更感到完成第三本书《凭观川陆》时间紧迫。然而，事与愿违：加速完成的书稿被外界的拖拉延误了一年半。幸好，有中央民族大学出版社及时接应才使它面世。

书中所附照片多选择了自己偏爱的名校。2015年8月下旬，对敬佩已久的苏黎世瑞士联邦理工大学（ETH）曾寻找、攀登了三次，终于在离苏前的凌晨4：30到达了主楼所在的低山顶部并请早晨打扫卫生的工人用自己简陋的相机拍摄、记录了那激动人心的时刻。尽管，此幅照片质量欠佳，但能在这所世界排行前十名的学府前留影，一切都值得。

书的封面采用抗战胜利后丰子恺先生为天津《民国日报》所作的山水漫画以与书名切题；封底取材国外哥特式建筑精华的窗饰并写明“从一平方千米开始”的旅游初衷（即本书的开篇文章），以及它醒目、简洁的英文书名和作者的汉语拼音，色彩使用红、蓝、白三色。在此，要感谢天津图书馆历史文献阅览室、上海人民美术出版社、英国IVY Press Lit. 的帮助，为本书增辉。

自由行为我和全家带来乐趣，愿心得与大家共享。